Ludwig Römer

Die volkstümlichen Dichtungsarten der altprovenzalischen Lyrik

Ludwig Römer

Die volkstümlichen Dichtungsarten der altprovenzalischen Lyrik

ISBN/EAN: 9783743490611

Hergestellt in Europa, USA, Kanada, Australien, Japan

Cover: Foto ©Andreas Hilbeck / pixelio.de

Manufactured and distributed by brebook publishing software (www.brebook.com)

Ludwig Römer

Die volkstümlichen Dichtungsarten der altprovenzalischen Lyrik

AUSGABEN UND ABHANDLUNGEN
AUS DEM GEBIETE DER
ROMANISCHEN PHILOLOGIE.
VERÖFFENTLICHT VON E. STENGEL.

XXVI.

DIE

VOLKSTÜMLICHEN DICHTUNGSARTEN

DER

ALTPROVENZALISCHEN LYRIK.

VON

LUDWIG RÖMER.

MARBURG.
N. G. ELWERT'SCHE VERLAGSBUCHHANDLUNG.
1884.

Herrn

Professor Dr. Edmund Stengel

in dankbarer Verehrung

gewidmet

vom Verfasser.

§. 1. Wir wissen nicht wie die provenzalische Kunstlyrik entstanden ist. Am Anfange des zwölften Jahrhunderts finden wir sie plötzlich fertig vor; sie besitzt bereits in den ältesten uns erhaltenen Denkmälern eine technische Vollendung, die uns klar zeigt, dass sie ihrem Kindesalter schon entrückt ist. Vielfach kann sie allerdings ihre Herkunft doch nicht verleugnen, es haftet ihr hier und da etwas von den volkstümlichen Elementen an, aus denen sie hervorgegangen, und wahrlich nicht zu ihrem Schaden. Wie unendlich ist es zu bedauern, dass uns von dem provenzalischen Volksgesange nur so wenige Trümmer erhalten sind! Auch diese sind zum grössten Teile nicht einmal original, sondern Produkte höfischer Dichter, die den Volksgesang nachahmten.

§. 2. Der Volksgesang aller Völker zeigt gemeinsame Züge. Bei der einen Nation ist das Volkslied zwar traurig und wehmutsvoll, bei der anderen lustig und ausgelassen — bei der einen atmet es Kampfeslust, bei der anderen preist es ein ruhiges Hirtenleben — es sind dies Unterschiede, die durch den Charakter des Volkes bedingt werden, und dieser selbst ist abhängig von dem Wohnsitz und der ganzen historischen und socialen Entwicklung, die dasselbe durchgemacht hat. Und dennoch kehrt das Motiv von dem verlassenen Mädchen, von dem Liebenden, der die Vöglein als Boten zur Geliebten sendet,

---

*) s. Diez Poes. 13 ff. (ich citiere in der Regel nach der Seite der Originalausgabe, ebenso bei D. L. u. W.) und Bartsch, Grdr. § 22.

von der Frau, die einem ungeliebten Manne vermählt ist u. a. hundertfach wieder. Ebenso findet sich der Refrain fast in jeder Volkspoesie als ein Kunstmittel von der höchsten poetischen Bedeutung.

§. 3. Unter dem heiteren, ewig blauen Himmel der Provinzen, die den Golf von Lyon und Genua umgrenzen, in den fruchtbaren Ländern, die von Rhône, Garonne, Po und Ebro durchströmt werden, bei einem Volke, geistig hochbegabt und in den glücklichsten bürgerlichen Verhältnissen lebend, wenig beängstigt durch Krieg und Wirren — musste ein froher, heiterer Volksgesang erblühen. Hier war kein Ort für wehmütig klagende Gesänge, wohl aber für kecke, sinnliche Lust atmende Liebes- und Tanzlieder, für Tagelieder, die das südliche Blut verraten, für Pastorellen, die das sorgenfreie idyllische Hirtenleben widerspiegeln. Fragen wir, weshalb uns so wenig von dieser Volkslyrik erhalten ist, so bietet sich die Antwort leicht dar. Es hielt es Niemand für der Mühe wert, diese Lieder aufzuzeichnen; wie sie entstanden waren, ohne dass Jemand sagen konnte, wer sie eigentlich gedichtet habe, so verschwanden sie wieder. Das Volk sang sie bei seinen heiteren Festen, die Mädchen am Brunnen und auf der Weide, von Geschlecht zu Geschlecht pflanzten sie sich fort, mannigfach variiert im Laufe der Zeit und durch neue Lieder aus der Mode gebracht, doch stets denselben Charakter an sich tragend. Da brach auf einmal der Albigenserkrieg herein und fanatische Wut brachte unsagbares Elend, Schrecken und Angst über das glückliche Land. Das war keine Zeit für heitere Volkslieder — sie gingen unter. Auch die Kunstlyrik wurde vernichtet. Höfisches Leben und ritterlicher Frauendienst lagen begraben unter den Trümmern der Burgen und Städte.

§. 4. Aber das Ansehen des prov. Minnesangs war bereits weit über die Grenzen Südfrankreichs hinaus gedrungen, und so fanden sich fremde Gönner genug, die die disjecta membra desselben in teilweis prächtige Sammelhandschriften zusammentragen liessen. In diesen fanden auch einige wirkliche Volkslieder

Zuflucht, namentlich aber auch eine Anzahl in volkstümlichem Ton gehaltener Erzeugnisse der Trobadors. Diese wenigen ächten oder stellvertretenden Repräsentanten altprovenzalischer Volkspoesie zusammenzustellen, ihre inhaltlichen und formellen Eigentümlichkeiten darzulegen ist die Aufgabe der folgenden Seiten.

Die Alba, Gaita, Serena.

§. 5. Litteratur: Raynouard Choix II. 235 ss. — Diez Poes. 115, 151, 265. — Fauriel II, 94 ss. — Heyse, Stud. Romanensia (Diss. Berol. 1852) 19 ss. — Bartsch, Die roman. u. deut. Tagelieder (Album d. liter. Ver. in Nürnberg 1865. S. 1—75, jetzt auch in seinen Gesammelten Vorträgen u. Aufsätzen, Freiburg 1883. S. 250—317). — Bartsch, Grdr. 1872. S. 35. — Michel, Heinr. v. Morungen und die Troubadours, Strassburg 1880 S. 145 f. (Quellen u. Forschungen XXXVIII). — Scherer, Die Anfänge d. Minnesangs, Wien 1874 (Deut. Stud II) S. 51–60 und Gesch. d. deut. Litt., Berlin 1884. 2. Ausg. S. 174. — Weinhold, Die deut. Frauen in dem Mittelalter" I. 264 ff.

§. 6. Das älteste Denkmal der altprovenzalischen Lyrik, welches auf uns gekommen, ist eine Alba aus dem Anfang des 10. Jahrhunderts. Sie wurde vor zwei Jahren von Joh. Schmidt in einer lateinischen Handschrift der Vaticana (Cod. Regin. 1462 fol. 50ᵇ) entdeckt und in Zacher's Zeitschr. f. deut. Philol. XII publicirt. Die Strophen sind lat., die Refrainzeilen provenzalisch überliefert, die letzteren sind unklar in Ausdruck und Form.

Siehe über diese Alba: den Bericht von J. Schmidt und H. Suchier a. a. O. 333 ff. — d. Literaturbl. 1882 Nr. 1 (Deutung des Refr. durch E. Stengel). — Report on the Philol. of Rom. Languages 1875—82, by Prf. Dr. E. Stengel. (Transact. of the Philol. Soc. 1882—84. p. 138 od. Pädagog. Archiv 1883 S. 40). L. Laistner, Zur ält. Alba (Germania XXVI. 415 ff.)*).

---

*) Seine Deutung des Refrains wird schwerlich den Beifall der Romanisten finden.

§. 7. Das umfangreichste Werk über provenzal. Poetik, die Leys d'amors thun der Alba keine Erwähnung, doch könnten die zwei Verse:

> Tota la nueg tro venc al dia
> L'amicx a dormit am s'amia

die III. 282 citiert werden, leicht einer solchen angehören. Eine Definition der Alba und Gaita findet sich dagegen in der Doctrina de Compondre dictats p. p. P. Meyer (Romania VI. 356. 358 Nr. 10. 11. 26. 27).

10. Si vols far alba, parla d'amor plazentment; e atressi lausar la dona on vas o de que la faras; e bendi l'alba si acabes lo plaser per lo qual ames (aniest? Meyer) a tu dona. E si no l'acabes, fes l'alba blasman la dona e l'alba on anaves. E pots hi fer aytantes cobles com te vulles, e deus hi fer so novell.

11. Si vols fer gayta, deus parlar d'amor o de ta dona, designan (designan?) e semblan que la gayta te pusca noure o valer ab ta dona e ab lo dia qui sera avenir (a venir?) e deus la far on pus avinentment pugues, preyan totavia la gayta ab ta dona que t'ajut; e pots hi far aytantes cobles com te vulles; e deu haver so novell.

26. Alba es dita per ço alba car pren nom lo cantar de la ora a que hom lo fa, e per ço cor se deu pus dir en l'alba que de dia.

27. Gayta es dita per ço gayta cor es pus covinent a fer de nuyt que de dia, per que pren nom de la hora que hom lo fa.

§. 8. Ausser der oben angeführten lat.-provenz. Alba sind uns noch 16 Tagelieder ganz oder fragmentarisch erhalten. Ich gebe nachstehend ein Verzeichnis derselben; bezüglich der Drucke verweise ich ein für allemal auf Bartschs Grdr. und trage nur die von ihm nicht aufgenommenen und neu erschienenen nach.

1. Bern. de Venzac 2. Lo pair' el filh el sant espirital. M. W. III. 288. — 2. Bertr. d'Alamano 23. Us cavaliers si jazia. M. W. III. 148. — 3. Cadenet 14. En sui tan cortesa gnita. M. W. III. 62. — Arch. 50, 283 (CLIX) P. — 4. Folq. de Mars. 26. Vers deus, el vostre nom e de sancta Maria. Meyer Rec. I. 87. — 5. Guill. d'Autpol 1. Esperansa de tota ferms esperans. M. W. III. 298. — 6. Guir. de Borneill 64. Reis glorios, verais lums e clartatz. Adrian Grundzüge etc. 1825. S. 65. — Arch. 49, 288. P. — Meyer Rec. I. 82. — 7. Guir. Riquier 3. Ab plazen — pessamen. — 8. Guir. Riquier 70. Qui vuelha ses plazer. — 9. Peire Espaignol 1. Ar levats sus franca cortesa gens. — 10. Raimon de las Salas 2. Deus aidatz. — 11. Serveri de Girona. Assi com cel canan erru la via

Rev. des lang. rom. 1876. II. 227. — 12. Uc de la Bacalaria 3. Per grazir la bon' estrena. — 13. 461,3 Ab la gensor que sia. — 14. 461,99ª Drutz qui vol dreitament amar. Suchier Denkm. 318. — 15. 461,113 En un vergier sots foilla d'albespi. Adrian 63. — 16. 461,203 Quan lo rossinhols s'escria. Heyse Stud. Rom. 45.

§. 9. Ich wende mich zunächst zu einer Untersuchung über den Inhalt der erhaltenen Tagelieder.

In der lat.-provenz. Alba beziehen sich nur ff. Verse auf die eigentliche Handlung:

   Spiculator pigris clamat surgite
   Ea incautos ostium insidie
   Torpantesque gliscunt intercipere
   Quos suadet preco clamat surgere

alle übrigen und der prov. Refrain enthalten lediglich eine Schilderung der Naturerscheinungen bei Tagesanbruch. J. Schmidt fasst nach Analogie der übrigen albas diese Verse als auf ein Liebespaar bezüglich auf, Stengel hält sich streng an die Worte und glaubt, es läge hier »vielleicht nur ein lateinisirtes, ursprünglich rein provenzalisches Volkslied, das den späteren Alben inhaltlich sehr fern steht und als ein Soldatenwachtlied bezeichnet werden muss« vor. Mir scheint das Fragment unzweifelhaft gelehrten Ursprungs zu sein, dafür sprechen gleich die zwei ersten Zeilen:

   Phebi claro nondum orto jubare
   Fert Aurora lumen terris tenue

besonders aber die 3. Strophe.

   Ab arcturo disgregatur aquilo
   Poli suos condunt astra radios
   Orienti tenditur septentrio.

Eine so hochpoetische Schilderung des Tagesanbruchs, effectvoll in jedem Verse einen neuen Vorgang meldend, eine so gewählte, knappe Ausdrucksweise ist gewiss nicht volkstümlich. Ich vermute daher, — es kann hier ja nur von Hypothesen die Rede sein — dass wir einen gelehrten Versuch vor uns haben ein wirkliches provenzalisches Tagelied frei ins Lateinische zu übertragen, wobei der provenzal. Refrain beibehalten wurde. Vielleicht hat der betreffende Verfasser sein lat. Gedicht nie vollendet, vielleicht nur zum Zeitvertreib an der leeren Stelle der Handschrift, die ja ganz heterogene Dinge enthält, die 3 Strophen eingetragen. Die notierte Melodie spricht nicht dagegen, es wird die des provenzal. Originals sein.

§. 10. Es ist sehr bemerkenswert, dass in unserem Fragment die »gaita« noch nicht selbst auftritt. Der Dichter referiert nur ganz objectiv:

Spiculator*) pigris clamat surgite.

Die Erwähnung beweist immerhin, dass wir uns hier schon auf höfisch-ritterlichem Gebiet befinden.

§. 11. Ganz ebenso wie die lat.-prov. Alba erwähnen auch die übrigen anonym überlieferten Tagelieder den Wächter und seinen Morgenruf, führen ihn aber nicht redend ein. In 461,3 identificiert sich der Dichter mit dem Geliebten und erzählt (Cobl. 1. 2.) wie er »joguan e rizen« bei seiner Freundin geweilt, wie sie ihn mit einem Kuss aus dem Schlummer aufgeweckt. In C. 3. 4. verflucht er die »gaita«, die den Tag zu früh verkünde. In der letzten Strophe fordert die Geliebte den Freund auf zu scheiden, damit ihm der »gilos« keinen Schaden thue.

Von 461,203 ist leider nur die 1. Cobla erhalten. Auch hier berichtet der Dichter ganz subjectiv »Wann die Nachtigallen schlagen, Nacht und Tag, weile ich bei meiner schönen Freundin unter dem Blumenzelt, bis der Wächter auf dem Turme ruft: »Auf, ihr Liebende! Ich sehe die Morgenröte und den lichten Tag!«

§. 12. Einen ganz anderen Charakter zeigt 461,113. Cobl. 1 schildert die Situation, in C. 2 hegt die Frau folgende Wünsche:

Plagues a deu ja la noits non falhis,
nil meus amics lonh de mi nos partis,
ni la gaita jorn ni alba no vis.

In C. 3 und 4 fordert sie den Geliebten zum Liebesgenuss auf, C. 5 spricht sie nachdem sich der Freund von ihr getrennt

---

*) »Gaita i. e. speculator« Donat. prov. (Stengel, Die 2 ält. prov. Gramm. 6, 4).

hat. In der letzten Strophe preist der Dichter die Schönheit der Dame und ihre »amor lejal« 461,99° enthält sehr prosaische Klugheitsregeln für einen »fin amador«. Als Gegenstück zu 461,113 lässt sich das Tagelied des Bertran d'Alamano ansehen. Der Dichter bleibt hier ganz objectiv, die drei ersten Zeilen schildern die Situation und führen uns medias in res:

> Us cavaliers si jazia
> Ab la res que plus volia
> Soven baizan li dizia:

Alles Folgende sind Worte des Ritters an seine Freundin, die er zu Anfang jeder Cobla mit »doussa res« anredet. Zum Schluss beteuert er, er werde vor Verlangen sterben, wenn er sie nicht wiedersähe.

§. 13. In ganz anderer Weise hat Cadenet das Motiv vom Scheiden des Liebenden bearbeitet. Die Frau klagt, sie sei einem »vilan« angetraut wegen seines Reichtums und sagt, sie würde sterben, wenn sie nicht einen lieben Freund hätte, dem sie ihren Kummer klage und einen treuen Wächter, der den Tag verkünde. Keine Drohung ihres schlechten Ehegemahls werde sie abhalten, bis zur Morgenröte bei ihrem Geliebten zu weilen. (C. 1. 2.) In den 3 folgenden Strophen und in den 2 zweizeiligen Tornaden rühmt der Wächter die treuen Dienste, die er den Liebenden erweist. Er ist allerdings ein Muster von Dienstfertigkeit, denn er dürfte wohl der einzige seines Standes sein, der um des Liebespaares willen den Wunsch ausspricht, die Nacht möchte länger währen.

§. 14. Raimon de las Salas[*]) führt ebenfalls den Wächter redend ein. Er ermahnt in den 2 ersten Strophen den Geliebten aufzubrechen, in der 3. Strophe widersetzt sich die Frau dem Scheiden, womit das Gedicht schliesst.

§. 15. In dem berühmten Tageliede des Guir. de Borneill sind alle Coblen bis auf die letzte dem Wächter in den Mund

---

*) Die Hss. I K enthalten die Notiz: »Raimons de Salas si fo us borges de Marseilla et trobet cansos et albas e retroensas, non fo mout conoguts ni mout prezats« (Mahn Biogr. LXXXV).

gelegt. Er betet zu Gott, er möge seinen Gefährten beschützen und fordert diesen dringend auf zu scheiden, denn hell tagt es im Osten. In der letzten Cobla ruft der wonnetrunkene Liebhaber aus:

> Bel dous companh, tan sui en ric sojorn
> qu'eu no volgra mais fos alba ni jorn,
> car la gensor que anc nasques de maire
> tenc et abras, per qu'eu non presi gaire
> lo fol gilos ni l'alba.

In diesem Gedichte ist an die Stelle der gaita, die sonst der wirkliche für die Liebenden gewonnene Turmwächter war (s. Anm. 1) ein Freund des Liebhabers getreten. Guir. de Borneill hat dadurch das Wächterlied veredelt und einen grossen Effect erzielt durch seine meisterhafte Schilderung der Besorgnis des treuen Kameraden. Diese Alba zeigt übrigens schon deutlich den religiösen Charakter, der in späterer Zeit mit Vorliebe gerade den Tageliedern aufgeprägt wurde; hier sind allerdings die Gebete noch im engsten Zusammenhang mit dem Liebesverkehr.

§. 16. Die beiden noch ungedruckten Tagelieder des Peire Espaignol und Serveri de Girona kann ich leider nicht auf ihren Inhalt untersuchen, doch scheint ersteres, der Anfangszeile »Ar levatz sus franca corteza gens« nach zu urteilen, ein Wächterlied oder eine religiöse Alba zu sein, während das zweite einen canzonenartigen Anfang zeigt.

§. 17. Die zwei Gedichte Guiraut Riquier 3 und Uc de la Bacalaria 3 sind Ausartungen des eigentlichen Tagelieds. Die Dichter sehnen darin den Morgen herbei, weil sie von der Geliebten getrennt sind. Uc de la Bac. hat diesen Gedanken in seiner canzonenartigen Alba mit vielem Geschick behandelt; das Gedicht des Guir. Riquier dagegen ist ein sehr schwaches Machwerk, welches deutlich die Epigonenzeit verrät.

§. 18. Es bleiben noch 4 Albas zur Betrachtung übrig, die zu einer besonderen Klasse gehören. Bern. de Venzac 2 ist ein Gebet, in dem »lo paire, lo filh, lo saint espirital, la verges Maria, los archangels e los angels« um Beistand angerufen werden. Folquet de Marseilla (26) fordert die Herren auf, sich zu erheben, um Gott zu preisen, die folgenden Strophen enthalten dann das Gebet.

Guillem d'Autpol 1 ist ein Mariengebet, ebenso Guir. Riquier 70, wie schon die Ueberschrift besagt »alba de la maire Dieu«. Von Maria, die um Fürbitte angerufen wird, sagt dieser Dichter, sie sei »selha qu'a peccadors vius penedens es alba«.

Bei diesen religiösen Tageliedern kann natürlich von Volkstümlichkeit keine Rede mehr sein, ihr poetischer Wert ist gering und ihr Bezug auf die »alba« ein sehr gezwungener. Man sollte eigentlich denken, das erotische Tagelied und fromme Gebete seien himmelweit von einander entfernt, die relig. Alba Folq.'s de Mars. (s. auch Guir. de Born. 64) lässt jedoch deutlich erkennen, wie es kam, dass die geistliche Dichtung sich mit Vorliebe an das Tagelied anlehnte. Der Dichter setzte sich an die Stelle des Wächters und ermahnte statt zum Scheiden zum Gebet. Die Deutung des Wortes »alba« auf Maria ist eine Geschmacklosigkeit, die nur Dichter der Verfallzeit hervorbringen konnten. Die Marienlieder zeichnen sich überhaupt durch seltsame Epitheta und merkwürdige Allegorien aus.

§. 19. Ziehen wir kurz die Resultate, die sich aus dieser inhaltlichen Untersuchung der Tagelieder ergeben.

1) Die alba behandelt ursprünglich in dialogischer Form das Scheiden und den Trennungsschmerz der Liebenden bei Tagesbeginn.

2) Die »gaita« hat sich allmählich aus der »alba« entwickelt, indem dem Wächter eine immer wichtigere Rolle eingeräumt wurde. Guir. de Borneill bringt das Wächterlied zur höchsten künstlerischen Vollendung, indem er es zu einem Freundesliede veredelt.

3) Der Dichter tritt entweder ganz zurück, schildert nur die Situation und führt dann die Personen redend ein, oder erzählt wie von einem Selbsterlebnis.

Ich weiss wohl, dass das Volkslied die Subjectivierung nicht liebt*), dass also derartige subjectiv gefärbte Albas (461, 3 und 461, 203) kunstmässigen Ursprung verraten würden. Was war aber natürlicher bei der dramatischen Anlage der Alba, als dass der Dichter oder besser der jeweilige Sänger eines Tageliedes die Rolle des Liebhabers übernahm! Ich möchte deshalb den beiden anonymen Gedichten nichts von ihrer Volkstümlichkeit rauben.

§. 20. Nicht minder interessant als in inhaltlicher Beziehung sind die provenz. Tagelieder in Hinsicht ihrer formalen Eigentümlichkeit. Ich werde zunächst den metrischen und strophischen Bau der einzelnen Albas schematisch darzustellen versuchen und dabei die Strophenformen genau in alphabetischer Ordnung aufeinanderfolgen lassen**). Refrainzeilen trenne ich dabei durch [ab.

1) lat. prov. Alba: $a_{11} a_{11} a_{11} [b_9 c_{12}$. 3 Coblen (Fragm.)
2) 461, 113: $a_{10} a_{10} a_{10} [b_{10}$. 6 Cobl. a wechselt jede C. Refr.: »Oi deus, oi deus! de l'alba tan tost ve«.
3) 461, 3: $a'_6 a'_6 a'_6 b_4 b_4 a'_6$. $a = ia$ (durchgehend) b in Cobl. 1. 2. 4 = en, in Cobl. 3. 5 = ay. In Cobl. 3. 5 treten an derselben Stelle die Verse auf: »Gran paor ay E gran esmay Que ...«
4) Folq. de Mars. 26:

$$a'_{12} a'_{12} a'_{12} b_4 b_4 b_4 a'_6 b_4 b_4 b_4 a'_6 [c_4 c_4 c_4 a'_6$$

Cobl. 1. 2 $a = ia$, $b = als$, $c = e$. Cobl. 3. 4. 5 $a = enda$, $b = e, c = e$. Refr.: »La nuech vai el jorns ve Ab clar cel e sere E l' alba nos rete Ans ven bel' e complida«.

5) Bertr. d'Alamanon 23: $a'_7 a'_7 a'_7 b_7 b_7 [b_1 a'_7 c_7 d'_3$. 5 Cobl. $a = ia$, $b = ai$, $c = jorn$, $d = alba$ (durchgehende Reime). Refr.: »Ai! Qu'ieu aug que la gaita: cria Via sus, qu'ieu vei lo jorn Venir apres l'alba«.

---

*) s. Wackernagel, Afz. Lied. und Leiche 177. 202.
**) Es fehlt in diesem Verzeichnis nur die Alba des Serveri de Girona.

6) Cadenet 14: $a', a', a', b', b', b', c, c, d_s$. 5 Cobl. 2 zweizeil. Torn. $a = ada$, $b = ia$, $c = en$, $d = alba$. a wechselt jede C., die übrigen Reime gehen durch.

7) 461, 203: $a', a', a', b_s b, [c, c_7$. s. Maus, Anhang. 1 Cobl. (Fragm.) $a = ia$, $b = or$, $c = ar$. Refr.: »Drutz, al levar, Qu'ieu vei l'alba el jorn clar«.

8) Guir. Riquier 3: $a_s a_s b_s a_s a_s b_s c, c_7 [c_s d'_s$. 4 Cobl. a und b wechseln jede Cobla, $c = ir$ geht durch. Refr.: »E dezir Vezer l'alba«.

9) Guir. Riquier 70: $a a b\ a a b\ c c d d c d\ [e e f$ (6 S.). 4 Cobl. $a = er$, $b = ar$, $c = at$, $d = ir$, $e = ors$, $f = alba$ (durchgeh. Reime). Refr.: ».... secors. Selha qu'a peccadors Vivs penedens es alba«.

10) Guir. de Born. 64*): $a_{10} a_{10} b'_{10} b'_{10} [c'_6$. 7 Cobl., die Reime wechseln alle 2 Cobl. Refr.: »Et ades sera l' alba«.

11) Raimon de las Salas 2:
$a_s a_s b_s c_s\ a_s a_s b_s c_s\ a_s a_s b_s c_s\ d_s d_s d_s\ [e_s e_s a_s f_s f_s f_s f_s$ **).
3 Cobl. $a = ats$, $b = ars$, $c = ais$, $d = its$ (durchgeh. Reime). Refr.: »L'alb' el jorn Clars et adorn Ven, dieus aidatz! L' alba par, El jorn vei clar De lonc la mar E l' alb' el jorn par«.

12) Uc de la Bacalaria 3: $a', b, a', b, a', b, a', b, [c_s c_s d_s$. 4 Cobl.; die Reime wechseln jede C. Refr.: »Dieus! qual enueg Mi fai la nueg Per qu' ieu dezir l'alba«.

13) Peire Espaignol 1: $a_{10} b\ a b\ a b c$. $a = ens$, $c = alba$.

14) 461, 99a: $a_s b', a, b', b', a_s a_s c, c_s d'_s$. 1 C. (Fragm.) $a = ar$, $b = ia$, $c = ai$, $d = alba$.

---

*) Nachgeahmt in Sancta Agnes v. 497—518; s. Bartsch's Ausg. S. XXV f.
**) Aehnliche Strophenform hat Gauc. Faidit 20a (T 141b):
   $a a b c\ a a b c\ d d d\ e f f f e$.
Bei Raimon sind wahrscheinlich einzelne Verszeilen zusammenzufassen, so dass Binnenreim eintritt:
$$a_s a_s b_s c_s\ |\ a_s a_s b_s c_s\ |\ a_s a_s b_s c_s\ |\ d_s d_s d_s\ |\ e_s e_s a_s\ |\ f_s f_s f_s\ |\ f_s =$$
$$A_{18} A_{14} A_{18} B_{18} C_{18} D_{18} D_{8}.$$

15) Bernart de Venzac 2: $ab'\,ab'\,ccd$ (10 S.). 4 Coblen, 1 dreizeil. Torn. von der Form aad'. $a = al$, $b = ia$, $c = ens$, $d = alba$ (durchgeh. Reime).

16) Guill. d'Autpol. 1: $abba\,cc\,ddeef$ (10 S.) s. Maus, Anhang. 6 Cobl. 2 dreizeil. Torn. ($eef\ eef$). $a = ans$, $b = e$, $c = atz$, $d = ort$, $e = en$, $f = alba$ (durchgeh. Reime). Den 3. und 8 Reim bilden die Refrainworte »be« und »mort«.

§. 21. Man bemerkt sofort, wenn man diese Zusammenstellung überblickt, dass die Tagelieder fast ohne Ausnahme einen einfachen Strophenbau aufweisen. Trennen wir die Refrainzeilen oder die letzte Strophenzeile mit dem Reimworte alba von der cobla ab (s. §. 26), so bleiben uns: 2 einreimige Coblen (No. 1 und 2), 7 zweireimige (No. 3. 4. 6. 7. 10. 12. 13), 4 dreireimige (No. 5. 8. 14. 15), 2 vierreimige (No. 9 und 11) und 1 fünfreimige (No. 16). Der grösste Teil der Strophen besteht nur aus einer oder aus zwei Versarten.

§. 22. Die volkstümlichste Strophenform zeigen die lat.-prov. Alba und das schöne Tagelied: »En un vergier sotz folha d'albespi«. Die eigentlichen Coblen bestehen in beiden Gedichten aus 3 gleichreimigen Verszeilen, im ersten Fall sind dies lauter 11 S. (offenbar eine Nachahmung des alt-provenz. 11 S., wahrscheinlich lag der lat.-prov. Alba ein provenz. Original in dieser Versart vor), im zweiten Fall sind es 10 S. mit Caesur nach der 4. S. Es findet sich nur eine Zeile mit epischer Caesur (per la douss' aura qu'es venguda de lai), lyrische Caes. zeigen 4 Verse.

§. 23. Die Refrainzeile auf b verschmolz allmählich mit der Cobla: aaa (s. §. 26) und so entstand die Strophenform $aaab$. Wir finden dieselbe in dem alten Weihnachtsliedchen: »Mei amic e mei fiel« (B. Chr.⁸ 17), die Cobla besteht aus drei 7 S. und einer lat. Refrainzeile (weibl. 6 S.), die jedoch in ihrem Wortlaut etwas wechselt, da sie jedesmal inhaltlich mit der Strophe verknüpft ist. Vorbild für unser religiöses Liedchen war die lat. Hymne: »In hoc anni circulo«. Folgte diese selbst einer volkstümlichen Weise? Die Form $a'a'a'b'$ (10 S.) zeigt das niedliche Tanzlied: »Coindeta sui« (s. §. 67). Das provenz. Schauspiel Sancta Agnes enthält v. 626—41 einen Planctus in sonu: »Bel paires cars, non vos vei res am mi« von der Form a_1, a_1, a_1, b_4. Ausserdem findet sich diese volkstümliche Strophenform noch bei einigen Trobadors der ältesten Zeit, so bei Guillem IX. 10 (nachgebildet Sancta Agnes v. 1113—24), Marcabrun 23 und Uc Catola 1; alle 3 Gedichte sind in 8 S. abgefasst, Reim a wechselt jede Strophe, b geht durch. Dies geschieht auch bei Peire Cardenal 27, der aber 7 S. angewandt hat (s. Maus, Peire Cardenals Strophenbau in seinem Verhältniss zu dem anderer Trobadors. Marb. 1882. Ausg. u. Abhandl. veröff. v. Edm. Stengel Heft V. S. 67).

§. 24. Bern. de Venzac 2 zeigt eine recht einfache Form, die häufig wiederkehrt (s. Maus, Anhang). Doch verwenden diese Gedichte meist andere Versarten oder die Reime zeigen anderes Geschlecht. Genau ebenso gebaut ist nur die Canzone Raim.'s de Mir., er hat aber eine andere Reimreihe.

§. 25. Eine auffallende formale Uebereinstimmung eines Tageliedes mit einem anderen Gedicht ist mir nicht begegnet, namentlich habe ich nicht gefunden, dass eine Alba in dem Tone eines anderen Liedes abgefasst sei. Die Worte des Uc de la Bacalaria »vuelh far alb' ab son novel«*) berechtigen deshalb vorläufig nicht zu der Annahme, die Alba sei zuweilen gerade wie das Sirventes nach der Melodie eines anderen Gedichts gesungen worden.

§. 26. Wie aus der obigen Zusammenstellung hervorgeht, zeigen von den 16 Albas nicht weniger als 10 vollständige Refrainzeilen, bei weiteren 5 endet die letzte Verszeile einer jeden Cobla auf Alba und nur bei einem Gedicht (461, 3) findet sich weder eine Refrainzeile noch der Reim alba; dieses Wort kommt überhaupt in dem betreffenden Tagelied nicht vor. Ich

---

*) S. Doctrina de comp. dict. 10. 11 und vergleiche: »Farai un vers ab son noel« (63, 7) »Ab nou cor et ab novel son voill un nou sirventes bastir« (167, 3).

habe jedoch schon darauf hingewiesen, dass in C. 3 und 5 desselben an gleicher Stelle die Verse auftreten: »Gran paor ay E gran esmay Que .. Es scheint fast, als sei hier der Refrain noch im Entstehen begriffen. Bartsch gibt in seinem Grundriss S. 36 an: »In dem Refrain, der auch dieser Gattung ständig eigen ist, kehrt das Wort alba fast immer wieder und bildet den Schluss«. Es ist dies ganz richtig, lässt aber die Hauptsache nicht hervortreten. Das provenz. Tagelied hatte ursprünglich eine oder mehrere Refrainzeilen, die das Wort alba enthielten; es war dies wohl nicht Bedingung, sondern die Situation brachte es mit sich. Vor allen Dingen war es nicht nötig, dass eine Refrainzeile auf alba reimte (s. 461, 113. —, 203. Folq. de Mars. 26. Raim. de las Sal. 2). Die Refrainzeile stand ursprünglich ganz unabhängig ausserhalb der Strophe, allmählich wurde sie jedoch dadurch mit derselben verknüpft, dass der Gedanke, der eigentlich in der Strophe vollständig abgeschlossen werden musste, erst in ihr zu Ende geführt wurde. Sie büsste so nach und nach ihren Charakter als Refrainzeile ein und wurde zur Strophenzeile, nur das Wort alba erhielt sich als Refrainreim.

§. 27. Ich will hier noch eines Gedichtes Erwähnung thun, das der Alba als Pendant zur Seite gestellt wurde — ich meine die »Serena« Guiraut Riquier's (248, 4 s. Diez Poes. 115). Der Dichter erzählt darin von einem Liebenden, der mit der grössten Ungeduld den Abend erwartet, an dem er zu seiner Geliebten eilen kann. Den Bau dieses Abendliedes veranschaulicht das Schema: $a_1 b_1 a_1 b_1 c_1 | d_1 d_1 c_2 e_1$. 4 Cobl. $a = als$, $b = or$, $c = ivs$, $d = an$, $e = ers$ (durchgeh. Reime). Refr.: »E dizia sospiran Jorns ben creyssetz a mon dan El sers Aucim e sos loncx espers«. Auf Volkstümlichkeit kann diese Serena natürlich ebensowenig Anspruch machen, als die in §. 18 behandelten Ausartungen der Alba. Das Abendlied Guir. Riquier's ist das einzige erhaltene Beispiel dieser Dichtgattung. Es scheint mir jedoch nicht wahrscheinlich, dass dieser Dichter der Erfinder derselben ist. Das behandelte Motiv lag so auf der Hand, dass es auffällig wäre, wenn nicht schon früher ein Trobaire dasselbe verwertet hätte. Guir. Riquier würde auch wohl ausdrücklich darauf hingewiesen haben, dass er etwas ganz Neues eigener Erfindung darbiete.

Die Romanze.

§. 28. Litteratur: Diez, Poes. 167. — Bartsch, Grundr. §. 6. §. 26, 1—3, s. d. Pastorella.

§. 29. Von einer Romanzendichtung ähnlich den alten nordfranzösischen Gedichten, die Bartsch 'in dem ersten Teile seiner Sammlung: »Altfranzösische Romanzen und Pastorellen« vereinigt hat, oder gleich jenem reichen Kranze altspanischer Romanzen, kann in der provenzalischen Poesie nicht die Rede sein. Bartsch spricht sich in seinem Grundriss S. 35 folgendermassen über diese Dichtungsart aus: »Die Romanze, von erzählendem Inhalt, aber in lyrischer Form, führt den Dichter in erster Person redend und erzählend ein. Gewöhnlich berichtet er ein Liebesabenteuer, das ihm begegnet. Das älteste Beispiel ist ein sehr lasciv endendes Gedicht des Grafen von Poitou (183, 12), andere Belege gewähren Marcabrun (293, 1) und Raimon der Schreiber (398, 1). Im Ganzen war die Gattung bei den Provenzalen nicht so beliebt wie bei den Franzosen, deren Lyrik überhaupt mehr Volksmässiges hat«.

§. 30. Streng genommen sind wir gar nicht berechtigt die »Romanze« als specielle Dichtgattung der altprovenzalischen Lyrik hinzustellen. Die Trobadors selbst kennen dieses Wort nicht und trennen die Romanze nicht als besondere Klasse von dem »vers« ab. Aus praktischen Gründen wollen wir jedoch die gewohnte Bezeichnung beibehalten. — Ich weiss nicht, weshalb Bartsch nicht auch die zweiteilige Romanze Marcabrun's (293, 25 »Estornel, coill ta volada« und 293, 26 »Ges l' estornels no s' oblida) erwähnt hat. Diez (L. u. W. 47) und Suchier (Jahrb. XIV. 155) bezeichnen dieses Gedicht als Romanze.

§. 31. 1. Guillem's IX. Grafen von Poitou »Un vers farai pos me someill« [s. L. u. W.* 9 ff. *). — Die Lieder Guill.'s IX. hgg. v. W. Holland & A. Keller. 2. Ausg. Tüb. 1850. No. 5] ist eine Art fabliau in Gestalt eines vers. Der fürstliche Trobaire erzählt uns darin in sehr derben Worten von einem Liebesabenteuer, welches er, als verstellter Stummer, mit zwei Damen bestanden. Ich will auf den allgemein bekannten Inhalt nicht weiter eingehen, sondern nur bemerken, dass das behandelte Motiv ein weitverbreitetes ist. Wir begegnen ihm in romanischen und germanischen Litteraturen.

§. 32. Wichtiger ist für uns die Form dieses »vers«. Er ist folgendermassen gebaut: $a_2 a_2 a_2 b_4 c_2 b_4$; in C. 2 und 6 (nach Holl. und Keller) ist $c = a$, die Strophenform also: $aaabab$, in C. 8, 9 und 12 ist c mit a wenigstens durch Assonanz verknüpft. Diez spricht sich über die Form unseres Gedichtes an verschiedenen Stellen aus, zuerst in seiner Poesie der Troubadours S. 96. Anm. 1. Nachdem er im Texte gesagt, »ungebundene Reime sind nicht erlaubt«, merkt er an: »Eine einzige Ausnahme findet sich in einer Romanze Guillem's von Poitiers (R. V. 118), wo der 5. Vers weder in derselben noch in der folgenden Strophe gebunden wird. Doch kann dies die Schuld fehlerhafter Abschriften sein, denn der Reim kommt an einigen Stellen wieder zum Vorschein«. L. u. W. S. 10 spricht er ganz dieselbe Ansicht aus. In seinem Buche: »Altromanische Sprachdenkmale« stellt er aber S. 119 den reimlosen Vers (und die Assonanz) als volksmässig hin und bemerkt S. 122 über das vorliegende Gedicht: »Hier entbehrt der 5. Vers des Reims, wenn der Zufall ihm denselben nicht znführt«. Ganz derselben Meinung ist Suchier (Jahrb. XIV. 301): »Was ich als das

---

*) S. 9 der 2. Ausg. Anm. 2 lies: In den Hss. NV sind 2 Eingangsstrophen hinzugefügt, welche in dem bei Rayn. gedruckten Texte fehlen.

sicherste Merkmal provenzalischer Volkspoesie ansehen möchte, ist der Gebrauch reimloser Verse und die Assonanz. ... In der Romanze des Gr. v. Poit. ... ist der 4. (muss heissen 5.) Vers der Strophe in der Regel reimlos, zuweilen aber mit der 1. Reimsilbe assonierend oder gereimt«. Mir ist die Anwendung reimloser Verse in der provenzal. Lyrik durchaus unwahrscheinlich, alle bis jetzt beigebrachten Beispiele zeigen entweder deutlich Corruption (s. Anm. 15) oder erklären sich leicht auf andere Weise*). Bei dem vorliegenden Gedichte lässt sich jedoch nichts bestimmtes sagen, denn selbst mit Berücksichtigung sämmtlicher handschriftlicher Lesarten lässt sich nur wahrscheinlich machen aber nicht beweisen, dass überall die Strophenform $aabab$ herzustellen ist. A. Boucherie (Revue des lang. rom. 1882 3ième Sér. T. VII. p. 194) fasst je einen 8 S. und 4 S. zusammen und sucht die Volkstümlichkeit des 12 S. mit Caes. nach der 8 S. zu beweisen. Unser Gedicht hätte demnach die Form $a_s a_s b_{1,} b_{1,}$, der erste 12 S. wäre mit den vorhergehenden 8-Silbern durch Binnenreim gebunden. Nur für den zweiten 12 S., welcher der handschriftlichen Ueberlieferung nach des principiellen Binnenreims entbehrt, hält A. Thomas (Rom. XI. 208. Anm.) diese Ansicht für begründet, vgl. auch Gröber's Zs. VI. 167. In einem Aufsatz über den lat. Ursprung des 15-Silbers in dem zu Ehren von Caix und Canello zu veröffentlichenden Sammelbande wird auch Stengel diese Frage berühren.

§. 33. 2. Marcabrun 1: »A la fontana del vergier«. (Diez, Poes. 167 f. — L. u. W. 46 — Jahrb. XIV. 155).

Diese reizende Romanze ist zur Zeit entstanden, als König Ludwig VII. von Frankreich zum Kreuzzuge rüstete; »sie zeigt uns die Wunden', die diese Züge so manchen friedlichen Verhältnissen schlugen«. Der Dichter erzählt, wie er am Brunnen

---

*) Das Gedicht Raimbaut's de Vaqueiras 7 (L. u. W.² 82. Anm. 1) nimmt eine Ausnahmestellung ein und sollte deshalb hier nicht aufgeführt werden. Peire Basc 1 ist corrumpiert, s. Maus Anm. 10.

im Garten die Tochter eines Burgherrn trifft, die bitterlich klagt und weint, weil ihr Geliebter mit König Ludwig ins heilige Land ziehen will. Der Dichter sucht sie zu trösten, indem er auf Gottes Allmacht hinweist: »cel que fai lo bosc folhar vos pot donar de joi assatz«. Dem Mädchen ist aber vorläufig mehr an dem Liebsten als an dem zukünftigen Seelenheil gelegen. Das ganze Gedicht ist nach Inhalt, Ausdrucksweise und Form durchaus volkstümlich. Der Bau ist folgender:

$$a\,a\,a\,b\,a\,a\,c \ (8\ S.).$$

6 Cobl. a wechselt jede Cobla, $b = ors$ und $c = ats$ gehen durch.

§. 34. 3. Marcabrun 25. 26. (Diez, L. u. W.' 47, Fauriel II. 80—83).

In dem ersten Abschnitt dieser Romanze (Estornel, coill ta volada), »sendet der Trobador einen Star an seine Freundin, welche als so wankelmütig geschildert wird, dass selbst die Kinder von ihrer Untreue singen, und dass der von einer gütigen Fee begabt sein muss, dem sie ihre Liebe gewährt; der Bote hat den Auftrag ihr den Dichter zu empfehlen und sie um eine Zusammenkunft zu bitten. In dem zweiten Teile (Ges l' estornels no s'oblida) richtet dann der Vogel seine Botschaft aus und bringt seinem Herrn von Seiten der Dirne die Einladung, sich den andern Morgen unter einer Fichte einzufinden«.

Die zwei Teile sind metrisch ganz gleich gebaut und haben genau denselben Umfang (6 Cobl. und 1 siebenzeilige Torn. Die Torn. des 1. Teils ist nur in E erhalten). Die Form gibt folgendes Schema wieder: $a'_7, a'_7, a'_7, b'_7, c_3, c_3, c_3, c_3, c_3, c_3, a'_3$. Reim a und b gehen durch, c wechselt jede Cobla.

In Cobla 1—7 und Torn. 1 ist $a = ada$, $b = ia$ in Cobl. 8—14 und Torn. 2 ist $a = ida$, $b = ena$. Die Tornaden entsprechen dem letzten Teil der Cobla: $c\,c\,c\,c\,c\,a'$ und haben neuen c Reim, da derselbe in jeder Cobla wechselt.

§. 35. Unter dem Einfluss dieser Marcabrun'schen Romanze ist das bekannte Gedicht »Rossinhol en son repaire — m'iras ma domna vezer« des Peire d'Alvernhe (323, 23) entstanden.

Schon Fauriel fiel die inhaltliche Aehnlichkeit der beiden Gedichte auf, er stellte sie nebeneinander und bemerkte »Elles sont évidemment l'imitation l'une de l'autre, et rien n'indique avec certitude laquelle a servi de modèle. C'est probablement celle de Marcabrus«. Suchier in seiner ausführlichen Abhandlung über Marcabrun ist diese Notiz entgangen.

§. 36. Auch diese Romanze des Peire d'Alv. besteht aus zwei Teilen von je 6 Coblen (im P. O. 138 sind dieselben getrennt gedruckt, Hs. V stellt den zweiten Teil voran — sonst finde ich die Trennung nirgends angedeutet, obwohl das Verhältnis der beiden Teile zu einander genau dasselbe ist, wie in der Romanze Marcabrun's).

Unser Trobador wählt die zärtliche Sängerin der Liebe, die Nachtigall zur Botin. »Er beauftragt sie zu seiner Freundin zu fliegen, ihr seine Lage zu schildern und zu erfahren, wie es ihr ergehe. Der muntere Vogel fliegt davon, und forscht mit klugem Blick umher, bis er die Dame findet. Sobald er ihre Schönheit schimmern sieht, beginnt er seinen süssen Gesang, mit dem er den Abend begrüsst. Plötzlich verstummt er und sinnt nach, wie er sein Anliegen am schicklichsten vorbringe. Er erzählt von der Treue und Ergebenheit des Liebenden, und wie er sein ganzes Hoffen auf die Liebe gegründet. Hiermit schliesst der erste Teil. Im zweiten Abschnitt bricht die Dame in wehmütige Klagen aus; sie wirft dem Freunde vor, er habe sich zu rasch von ihr entfernt, sie zu plötzlich verlassen, hätte sie dies ahnen können, so würde sie ihm mehr Freundlichkeit erzeigt haben«. Sie schildert dann ihre treue Liebe für ihn und fordert zum Schlusse die Nachtigall auf, ihm zu verkünden, wie sehr sie ihm ergeben sei. — Ich habe nicht nötig, die grosse inhaltliche Aehnlichkeit der zwei Gedichte Marcabrun's und Peire's d'Alv. eingehend darzulegen, ich will jedoch darauf hinweisen, dass die Einführung eines Vogels als Liebesbote ein durchaus volkstümlicher Zug ist, der sich in der Volkslyrik der verschiedensten Völker findet.

§. 37. Die Romanze des Peire d'Alv. ist folgendermassen gebaut: $a'_1, b_1 a'_1, b_1, c_2 c_2 d'_3, c_2 c_2 d'_3$. Cobl. 1—6. $a = aire$, $b = er$, $c = ai$, $d = enha$. Cobl. 7—12. $a = atge$, $b = is$, $c = ats$, $d = ura$. Peire verwendet zwar eine andere Strophenform, aber sein Versschema: 7777 3 3 5 3 3 5 verrät deutlich seinen Ursprung aus dem Marcabrun's: 7 7 7 7 3 3 3 3 3 5.

§. 38. 4. Das Gedicht des Raimon Escrivan »Senhors l'autrier vi ses falhida« möchte ich nicht als Romanze bezeichnen, es ist weiter nichts als eine sehr obscöne allegorische Darstellung eines Streites zwischen »trabuquet« und »cata«*). Die Form dieses Gedichts ist eine sehr einfache: $a'_1 a' a' a' b b b b$ (8 S.). 6 Cobl. zwei 4 zeil. Torn. ($bbbb$), die Reime wechseln alle 2 Cobl., die Torn. haben daher einen neuen Reim. Ich will noch hervorheben, dass unser Dichter an verschiedenen Stellen die Alliteration mit Absicht angewandt hat.

V. 22: »pauc cadapauc prenden, e pren«.
V. 34: »qu'es grass' e grossa e faitissa«.
V. 42: »qu'es fers e fortz, e fer e fissa«.

---

§. 39. Es erübrigt noch darauf hinzuweisen, dass in dem provenzalischen Drama von »Sancta Agnes« (hgg. v. K. Bartsch, Berlin 1869) einige der eingeschalteten Gesänge volkstümlichen provenzalischen Romanzen nachgebildet sind, die wir leider nicht mehr besitzen (s. Grundr. §. 6). In diesem geistlichen Schauspiel wird — wie dies auch die Trobadors zuweilen in ihren Liedern thun — fast immer angemerkt, in welchem »sonus« der betreffende planh abgefasst ist. So ist das Lied v. 1113 ff. dem bekannten Gedichte Guillem's IX: »Pos de chantar m' es pres talens« nachgebildet, ein zweites (v. 497 ff.) der berühmten Alba Guir.'s de Borneill »Reis glorios verais lums e clartatz«,

---

*) trabuquet ist eine Schleudermaschine, cata ein Schutzhaus für die Angreifer, s. Alw. Schultz: Das höf. Leb. z. Z. d. M. S. II. 326 ff. 350 ff.

andere dem Planh de San Esteve, der populären lateinischen Hymne »Veni creator spiritus« *) u. s. f.

Zu 2 Strophen von der Form: $a_{1\bullet}a_{1\bullet}a_{1\bullet}a_{1\bullet}b_{4}$ (v. 522 ff.) findet sich die Anweisung »in sonu: El bosc clar ai vist al palais Amfos A la fenestra de la plus hauta tor«. Die Strophenform der Nachbildung, der Inhalt dieser 2 Zeilen, die epische Caesur in der zweiten, alles beweist die Volkstümlichkeit des Vorbildes. Bartsch (S. XXVI ff.) hält dasselbe, offenbar wegen des »clar ai vist — a la fenestra« für eine Alba, ich möchte darin lieber eine Romanze erkennen. Die Anfangszeilen haben ganz epischen Charakter.

Es finden sich noch folgende Nachahmungen volkstümlicher Gedichte: v. 626 ff. — $a_{1\bullet}a_{1\bullet}a_{1\bullet}b_{4}$ in sonu: »Bel paires, cars, non vos vei res am mi« (sicherlich die Anfangszeile einer Volksromanze, s. Bartsch S. XXVIII f.). — v. 643 ff. u. 1412 ff. — a a a (12 S.?) i. s. »Al pe de la montaina« (Volksromanze, S. XXIX). — v. 1061 ff. — $a_{1\bullet}a_{1\bullet}a_{1\bullet}a_{1\bullet}b_{4}$ i. s. »Vein, aura douza, que vens d' outra la mar« (S. XXIX). — v. 535 ff. a a a a a (12 S.). Das Vorbild ist nicht angegeben.

§. 40. Die Strophenformen der nach Volksmelodien gesungenen Lieder unseres geistlichen Schauspiels sind oft einreimig oder — wie wir deutlich wahrnehmen können — aus dem Reimpaar, versehen mit einer andersreimenden Refrainzeile hervorgegangen. Ich gedenke in einer Untersuchung über die ein- und zweireimigen Coblen in der provenzalischen Lyrik eingehend hierauf zurückzukommen.

---

*) »il lour escria: »Chantez, de par Dieu!« et il s' escrierent tuit à une voix: Veni creator spiritus«. Jean Sire de Joinville p. p. M. Natalis de Wailly, Paris 1874. p. 70.

Die Pastorella.

§. 41. Litteratur: Doctrina de compondre dictats 7. 23. — Leys d'amors I. 346 (B. Chr.⁸ 375). — Rayn. Ch. II. 229 ss. — Diez, Poes. 114. — Fauriel II. 87 ss. — Kalischer, Observationes in Poesim Romanensem, Berolini 1866. p. 40 s. — Jahrb. I. 84 f. (Mahn, Cercamon). — IX. 155 ff. 307 ff. (Brakelmann, Die Pastourelle in der nord- und südfranz. Poesie). — XIV. 159 ff. (Suchier, Marcabrun). — Bartsch, Grundr. S. 36. — Nannucci, Manuale⁸ I. 272 ss. — Wackernagel, afrz. Lieder und Leiche. Basel 1846. S. 182 f. — Bartsch, Die Altfranz. Romanzen und Pastourellen. Leipzig 1870. — id., Das afz. Volkslied des 12. und 13. Jahrhunderts. (Nord und Süd 1882 Mai u. Ges. Vortr. u. Aufs. S. 361 ff.). — id., Alte franzs. Volkslieder übers. Heidelberg 1882. — Gröber, Anz. v. B.'s Afz. R. u. P. (Jahrb. XII. 91 ff.), weiter ausgeführt in »Die afz. R. u. P., Zürich 1872.

§. 42. Als eine spezielle Gattung der Romanze können wir die Pastorella auffassen. Es ist verschiedentlich ganz richtig hervorgehoben worden, diese Dichtungsgattung zeige gerade dadurch, dass sie den Gegensatz zwischen der höfischen Bildung des Dichters und den naiven Hirten schildere, ihren kunstmässigen Charakter. Es lässt sich aber nicht leugnen, dass dieses Moment erst später eintrat, als die Pastorella bereits ihren eigentlichen Charakter eingebüsst hatte. Ursprünglich hat sie sicher in durchaus volkstümlicher Form und Ausdrucksweise das heitere idyllische Hirtenleben geschildert, wie es sich in den gesegneten Landstrichen Frankreichs abspielte. Auch damals wird sie schon dialogisch abgefasst worden sein — das Volkslied liebt dies ja — die Hauptpersonen, die auftraten, waren aber der Hirt und seine Geliebte. In den Past., die von höfischen Trobadors verfasst wurden, trat jedoch der Dichter immer mehr in den Vordergrund, die volkstümliche Objectivität der Schilderung schwand dahin, er selbst wurde Interlocutor, und da konnte es natürlich nicht fehlen, dass sich bald der Ton herausbildete, den die meisten Pastorellen zur Schau tragen, der Ton einer junkerlichen Ueberhebung über die tölpelhaften Bauern. Am schlechtesten kam natürlich der bäuerliche Liebhaber weg, gar zu oft triumphiert die galante Ueberredungskunst oder gar die Gewalt des höfisch gebildeten Nebenbuhlers über seine Geliebte; manchmal allerdings entgeht dieser auch nur mit der grössten Noth den derben Fäusten seiner Verfolger. So sank das Hirtenlied allmählich zu Produkten herab, die keinen Anspruch machen dürfen volkstümlich zu sein, aber noch weniger sich den höfischen Liedern an die Seite stellen können. Die Pastorella der späteren Zeit ist eine Carricaturdichtung, wie sie jede Verfallszeit erzeugt.

Wir können diesen Entwicklungsgang, den wir eben aufstellten, nicht mathematisch genau beweisen; denn von echt volkstümlichen Pastorellen ist uns fast nichts erhalten; wir können ihn nur aus dem Gesammtcharakter der Pastorellendichtung mit grosser Wahrscheinlichkeit vermuten.

§. 43. Brakelmann plaidiert a. a. O. höchst unglücklich für eine Priorität der nordfranz. Pastourellendichtung. Sein Hauptbeweismittel, die geringe Anzahl der prov. Pastorellen gegenüber der weit grösseren der nordfranzösischen, ist überhaupt kein stichhaltiger Grund bei einem strengen Beweisverfahren. Wer kann beurteilen, wie viele Gedichte aus der Zeit vor Wilhelm IX. verloren gegangen sind? Wer kann angeben, was die Volkslyrik zur Zeit der Blüte der Trobadordichtung producirte, und was gerade um der eifrigen Pflege der höfischen Lieder willen nicht aufgezeichnet wurde und in Vergessenheit geriet?! Ich will nicht im Einzelnen auf die Abhandlung Brakelmann's eingehen, es wäre leicht seine grundlosen Behauptungen zu widerlegen, die aus einer Voreingenommenheit für die nordfranzösische Dichtung entspringen. Einer der grössten Kenner der provenzalischen Litteratur hat bereits angedeutet, dass er die Arbeit für verfehlt hält (B. Grdr. p. 36. Anm. 17, vgl. auch Suchier, Jahrb. XIV. 159). Die Angabe R. Vidal's in seinen Rasos de trobar (Ausg. Stengel 70, 30 ff.) »La parladura francesca val mais et es plus avinens a far romanz et retroensas et pastorellas, mas cella de Lemosin val mais per far cansos et vers et sirventes« bezieht sich natürlich nur auf die höfische Poesie und kann nicht dahin gedeutet werden, dass die provenzalische Volkspoesie der Pastorella abholder gewesen sei, als die nordfranzösische.

§. 44. Das wichtigste Zeugniss für das hohe Alter und den volkstümlichen Ursprung der Pastorellendichtung bietet die Biographie des Joglar Cercalmon; sie berichtet »trobet vers e pastoretas a la usanza antiga«. Es ist kein Grund vorhanden, dieser Nachricht zu misstrauen. Wir finden zwar manche unglaubwürdige Trobadorbiographie, aus Stellen von Liedern des betreffenden Dichters zusammengeflickt und phantastisch aufgestutzt; hiervon sehen wir jedoch in der Biographie Cercalmon's keine Spur. Der Verfasser derselben erzählt ganz knapp, was er selbst wusste oder doch glaubte. — Wir müssen notwendigerweise als Vorstufe der provenzal. Kunstlyrik eine provenzalische Volkslyrik voraussetzen, und dass diese wahrlich keine Canzonen, sondern Hirten- und Tanzlieder, Romanzen und Tagelieder produzierte, ist klar.

§. 45. Wir besitzen noch ein zweites positives Zeugniss für das hohe Alter des provenzalischen Volksgesanges. Guillem de Berguedan, der übel beleumundete Trobador, beginnt eins seiner Gedichte wie folgt: »Chanson ai comensada Que sera loing chantada En est son veill antic Que fetz N'Ot de Moncada, Ainz que peirada pauzada Fos el cloquer de Vic«. K. Bartsch in seiner Abhandlung über Guillem de Berguedan (Jahrb. VI. 261 oder Ges. Vortr. u. Aufs. S. 346) bemerkt zu dieser Stelle: »Otto von Moncada, den wir im Eingange als alten Dichter erwähnt finden, soll zur Zeit Ludwig's des Frommen gelebt, diesen gegen die Mauren begleitet und das Schloss Moncada erbaut haben. Dass auch Guillem ihn in ferne Zeit hinaufrückt, geht aus der Beziehung auf die Cathedrale von Vich hervor, die 1038 eingeweiht wurde. Das Volkstümliche dieses Liedes, schon in der Form, ist nicht zu verkennen«. Die Form ist die sechszeilige Strophe mit Schweifreim (s. Anm. 7). Dieselbe ist durch Verdoppelung aus dem Reimpaar + Refrainzeile hervorgegangen, weshalb die Verse, die auf b reimen, meist kürzer sind und der Reim b durch das ganze Gedicht derselbe bleibt, während a wechselt (so auch hier, doch sind alle Verse gleich lang, nämlich 6 S.).

§. 46. Von den pastoretas Cercalmon's ist nichts auf uns gekommen, die Hss. überliefern unter seinem Namen 5 kunstmässige Gedichte, von denen ihm jedoch nur ein einziges mit Sicherheit angehört (s. den Excurs über Cercalmon am Schluss). Dagegen ist eine ganze Reihe von Pastorellen späterer Dichter erhalten, deren Verzeichnis ich nachstehend gebe.

1) Bertolome Zorzi 7 — »L'autrier quan mos cors sentia«. (Diez, Beiträge zur Kenntniss der romant. Poesie, 1. Heft 1825. S. 109 ff. — E. Levy, Der Troubadour Bertol. Zorzi, Halle 1883. S. 63).

2) Cadenet 15 — L'autrier lonc un bosc foillos. (C. zugeschrieben von $D^a IK$, dem französ. Dichter Tibaut de Blizon von CR, s. M. G. 727—30). M. W. III. 67.

3) Garin d'Apchier 3 — L'autrier trobei tras un foguier.

4) Gavaudan 4 — Dezamparatz ses compaigno. M. W. III. 26.

5) id. 6 — L'autre dia per un mati. M. W. III. 23.

6) Gui d'Uisel 13 — L'autre jorn cost' una via. M. W. III. 45.

7) id. 14. — L'autre jorn per aventura. M. W. III. 46.

8) id. 15 — L'autrier cavalcava. Levy, Guill. Figueira S. 68.

9) Guillem d'Autpol 1ª — L'autrier a l' intrada d' abril. nur in C, 1 Cobla Rayn. Ch. V. 179 (die Angabe Bartschs (Grundr. 293, 29) das Gedicht sei dasselbe wie die pastorella »L'autrier al issida d'abril« (s. unten No. 23) ist unrichtig).

10) Guiraut de Borneill 44 — L'autrier lo premier jorn d'aost.

11) id. 46 — Lo dous chan d'un auzel. Arch. 51, 12 A; M. G. 1369 B.

12) Guiraut d'Espaigna 8 — Per amor soi gai.

13) Guiraut Riquier I. (248, 49) — L'autre jorn m'anava.

14) id. II. (51) — L'autrier trobei la bergeira d'antan.

15) id. III. (32) — Gaya pastorelha.

16) id. IV. (50) — L'autrier trobei la bergeira.

17) id V. (22) — D'Astarac venia.

18) id. VI. (15) — A Sant Pons de Tomeiras.

19) Joan Esteve 5 — El dous temps quan la flor s' espan. M. W. III. 263.

20) id. 7 — L'autrier el gay temps de pascor. M. W. III. 260.

21) id. 9 — Ogan ab freg que fazia. M. W. III. 265.

22) Jojos de Toloza 1 — L'autrier el dous temps de pascor.

23) Marcabrun 29 — L'autrier al issida d' abriu (Arch. 51, 30 A. s. oben No. 9).

24) id. 30 — L'autrier just' una sebissa (Arch. 51, 130 A s. Jhb. XIV. 159 f.)

25) Paulet de Marseilla 6 — L'autrier m'anav' ab cor pensiv (E. Levy, P. de M. S. 22 ff. Separatabdr. aus der Rev. des lang. rom. 1882. L. S. 280.)

26) 461, 145 — L'autrier al quint jorn d'abril.

27) 461, 146 — L'autrier cuidai aver druda (nur in W und mir nicht zugänglich, da das Ged. noch ungedruckt ist).

28) 461, 148 — L'autrier m'era levatz (Bartsch, Afz. R. u. P. II. 13. S. 121, 363; gehört, scheint es, dem Grenzgebiet des nord- und südfranzös. Idioms an).

29) 461, 200 — Quant escavalcai l' autrier (Gröb. Zs. IV. 503).

---

§. 47. Den Eingang einer pastorella zeigt auch das nur in Q erhaltene und dort fälschlich »tençon« überschriebene Gedicht 461, 147 »L'autrier fui Arnaldon«[*]; in Wirklichkeit ist es ein Lobgedicht auf eine Dame Johanna. — Die zwei tenzonenartigen Gedichte des Mönchs von Montaudon »L'autrier fui en paradis« (Philippson S. 37) und »L'autrier m'en pogei el cel« (Ph. S. 41) beginnen ebenfalls wie Pastorellen, ihrem Inhalte nach sind sie zu dem Originellsten zu zählen, was die ganze provenzalische Litteratur hervorgebracht hat. Der Herausgeber bemerkt auf Seite 81 über diese und zwei ähnliche Gedichte desselben Verfassers »dennoch sind sie dem Inhalt nach nicht anders einzureihen [als unter die Tenzonen], während

---

[*] So bessere ich aus accalaon der Handschrift, vgl. (ob). 2, 1.

sie sonst noch am ehesten den Pastorellen zu vergleichen sind, welche ebenfalls erzählend und den Dichter redend einführend anheben und, indem dieser mit einer Schäferin ein Liebesgespräch anknüpft, in dramatischer Wechselrede verlaufen«.

An die pastorella erinnert auch das bekannte Gedicht »Donna tan vos ai pregada« des Raimbaut de Vaqueiras, das ganz nach Art einer solchen die Liebeswerbungen des höfischen Dichters um eine Genueserin behandelt, die ihn jedoch derb abweist (L. u. W. 270).

§. 48. Ich wende mich zu einer kurzen Betrachtung über den Inhalt der provenzalischen pastorellas. Das älteste uns erhaltene Beispiel ist das Gedicht Marcabruns »L'autrier just' una sebissa«. Es zeigt ganz den tenzonenartigen Charakter, den ich in Anm. 13 hervorhebe. M. hat in dieser pastorella ein kleines Meisterwerk geschaffen. Die Schäferin ist geradezu ausgezeichnet getroffen, es ist ein richtiges Mädchen aus dem Volke. In höfischen Worten wirbt der Dichter um ihre Liebe, stets schlagfertig und mit einer guten Dosis Mutterwitz begabt, weist sie ihn zurück und lässt sich nicht verführen. W. Holland und A. Keller haben unser Gedicht mit Recht Goethes »Edelknabe und Müllerin« an die Seite gestellt. Eine geradezu absurde Uebertragung unserer witzigen pastorella hat übrigens Kannegiesser geliefert (Ged. der Troub. S. 51).

Marcabrun 29 hat nur die Einleitung einer pastorella, im übrigen ist es ein sirventes. (Zwischen Cobl. 3 und 4 muss mindestens 1 Cobla ausgefallen sein, denn 1. der Reim a wechselt alle 2 Coblen, a^3 hat keinen entsprechenden Reim. 2. Nachdem der Dichter am Ende der dritten Cobla gesagt hat »Wahrer Wert, Jugendkraft und freudiger Mut schwinden dahin, so dass sich Keiner auf den Andern verlassen kann«, beginnt die vierte Cobla: »Eine andere Art von »cogossos« gibt es noch, reiche Männer und Barone, die sie in die Häuser einschliessen...« Da die betreffende Cobla (oder Coblen) in allen Handschriften fehlen, die das Gedicht überliefern —

A 1 Kd — so führen dieselben auf eine gemeinsame Vorlage, der die Cobl. schon fehlte *).

§. 49. Gavaudan 4 ist eine wirkliche pastorella. In der ersten Cobla und einem Teil der zweiten schildert der Dichter die Situation. Er reitet ganz allein durch das Feld an einem Gehölz hin, da sieht er eine Hirtin. Er steigt ab und geht auf sie zu. Das Mädchen fragt nach seinem Begehr und bemerkt gleich im voraus, sie wolle von Freundschaft nichts wissen. Der Dichter schildert aber nichtsdestoweniger den Eindruck, den ihre schöne Gestalt auf ihn gemacht habe, und die grosse Liebe, die er für sie fühle (Cobl. 3). — Die Hirtin weist ihn zurück und sagt, sie würde den Namen »Malafos« verdienen, wenn sie ihm ihre Liebe schenke, sie erwarte besseren Lohn von einem, der sie nächstens heiraten werde und rate ihm daher sein Glück wo anders zu versuchen (Cobl. 4). — So wechseln sie Hin- und Widerrede, bis der Dichter droht, wenn sie ihn nicht erhöre, werde er Einsiedler auf dem Berge »Denisenc« werden (Cobl. 7). Jetzt kann die Schäferin nicht mehr widerstehen, sie erklärt (Cobl. 8): »Si m'es amics, amiga vs so, ... Tot aissi com vos deziratz Er mos jois al vostre privatz Que ses joi (vos?) no val un arenc«. Er versichert sie seiner hohen Freude über ihren Entschluss und sie bittet ihn den Lästerern zu verheimlichen, dass er ihr hartes Herz »gezähmt« habe. — Ich habe dieses Gedicht ausführlich analysiert, weil es den Typus der pastorella darstellt, der am häufigsten begegnet.

Mit dieser pastorella hat Gavaudan eine zweite verknüpft; von dem Mädchen, mit dem er darin zu thun hat, sagt er scherzhaft: »No sai si me conoissia. Ilh? Oc, per queus o mentria, Que'ls olhs e la boca m baizet«.

§. 50. Gui d'Uisel 13 zeigt einen ganz anderen Typus als die erste past. des Gavaudan. Der Dichter erzählt uns hier: »Neulich hörte ich einen Schäfer singen: »Mort m'an semblan

---

*) d ist nur eine Abschrift von K, s. Suchier, Gröb. Zs. IV. 72.

traidor«*) und als er sah, dass ich auf ihn zukam, sprang er auf, begrüsste mich höflich und sagte: »Gottlob, dass ich jetzt einen treuen Freund gefunden habe, dem ich mein Liebesleid klagen kann«. Als ich merkte, dass er sich über seine Freundin beschweren wollte, sagte ich ihm vorweg, er möge seinen Kummer mit Geduld ertragen. »Was«, sagte der Hirt, »Ihr wollt mich schelten und habt doch selbst manches Mal Uebles über Frauen und Liebe geredet, was mich in grosse Verwirrung gebracht hat, jetzt sehe ich allerdings, dass Maria [von Ventadorn] recht hat, wenn sie sagt: »Dichter sind leichtsinnig und veränderlich«. »Nun hört mir nur einmal diesen Schwätzer, wenn ich ihm zeige, wie man aufrichtig dulden muss, dann nennt er das Leichtsinn! Ich bin jetzt ein solcher Dulder, dass ich sage, es geschehe mir recht, wenn mich Schande trifft, und dass ich mich schuldig bekenne, wo alle Schuld auf Andere fällt«. Da sah der Schäfer seine Freundin vom Blumenpflücken zurückkommen, ihr hättet nur sehen sollen, wie ihm Hören und Sehen verging. »Liebe Freundin«, sagte er, »wenn es auch nie wieder einen Bittsteller gleich mir geben sollte, ich flehe um kein anderes reiches Geschenk, als um Verzeihung des Unrechts, das ich Euch zufügte«. Sie antwortete, sie sei seine treue Freundin und würde ihm ein Zeichen ihrer Liebe geben, wenn sie sich nicht scheute. Ich, der ich allein bei ihnen war und sah, dass ich sehr störte, überliess sie ihrem Liebsten und ging fort. — Die beiden anderen pastorellas des Gui d'Uis. reichen in keiner Weise an diese heran, die eine (14) behandelt ebenfalls die Aussöhnung des Liebespaares**), die andere (15) hat das Motiv vom verlassenen Mädchen zum Gegenstand.

§. 51. Ganz denselben Typus wie Gav. 4 repräsentiert Guir. d'Espaigna 8 und 461, 148, eine pastorella, die nach Bartsch dem Grenzgebiet der provenzalischen und französischen

---

*) Dies erinnert an den Anfang der Balada 461, 166 »Mort m'an li semblan que ma dona m fai«.

**) Der Schäfer führt hier den Namen Robin, der in der nordfranz. Pastourelle stereotyp ist.

Sprache entstammt. Guiraut Riquier hat seine 6 Hirtenlieder zu einem kleinen Schäferroman verknüpft, eine einzige Liebesgeschichte zieht sich durch alle hindurch (s. L. u. W. 507). Wie oben bemerkt, hatte schon Gavaudan zwei pastorellas mit einander verbunden. Joan Esteve (5) macht uns mit einem neuen Motiv bekannt, welches den Gegenstand von Hunderten von Volksliedern bildet. Eine Hirtin klagt ihrem Geliebten, ihr Vater wolle sie einem alten griesgrämigen aber reichen Manne vermählen und versichert ihn ihrer treuen Liebe. Die zweite pastorella des J. Est. (7) behandelt wieder dasselbe Thema wie Gav. 4, auch sie lehrt »perseverantia omnia vincit«. Die dritte ist eine sogenannte vaquiera, weil darin statt einer Schäferin eine Kuhhirtin auftritt. Nach demselben Einteilungsprincip unterscheiden die Leys d'am. (I. 346) noch »porquieras, auquieras, cabrieras« etc. (vgl. die Doctrina de comp. dict. No. 7. 23). Eine »porquiera in omni sensu verbi« wird ibid. p. 256 ff. mitgeteilt, von den übrigen törichten Spezialitäten sind keine Beispiele erhalten. Die Vaq. d. J. Est. zeigt auch schon den religiösen Charakter, den man, wie den übrigen volkstümlichen Dichtungsarten, so auch der pastorella aufprägte. Als Curiosum führe ich an die »pastorela consolan crestiandat contra lo Turc«, die ebensowenig etwas von einer pastorella als von Poesie enthält (B. Chr.[8] 403).

§. 52. Die Pastorellenform war zu Darstellungen der mannigfachsten Art geeignet. In origineller Weise hat sie Guir. de Borneill (46) verwertet. Der Trobador fühlt sich durch den lieblichen Gesang eines Vogels bewogen in einen Garten einzutreten und findet dort drei Jungfrauen, welche ein Trauerlied singen. Der Gegenstand ihres Gesanges ist der Verfall der Freude und des Scherzes. Nun knüpft der Dichter mit der vornehmsten der Jungfrauen ein Gespräch an, worin beide die Quelle des Uebels in der Ausartung der Grossen suchen. Seinem Inhalte nach wäre dieses Gedicht am besten als ein sirventes zu bezeichnen (s. L. u. W. 145 f.). Ein solches ist auch die pastorella des Paulet de Mars. (6). Der Dichter knüpft mit einer Schäferin ein

Gespräch an, das sich sogleich auf den Krieg Karls von Anjou gegen Manfred (1265) wendet; die Hirtin wirft dann verschiedene Fragen auf, die der Dichter beantwortet (L. u. W. 583 ff. — Levy S. 5 ff.). Bertolome Zorzi (7) ist ebenfalls nur der Einkleidung nach eine pastorella. Dieses Gedicht umfasst nicht weniger als 149 Verszeilen und schildert uns die Verhandlung eines Liebesstreites vor dem Gericht der Liebe (s. Diez, Beitr. zur Kenntniss der romant. Poesie S. 24 ff. — L. u. W. 50 f. — Levy, Bert. Zorzi S. 17 f.). — Ich beschliesse hiermit die Untersuchung über den Inhalt der pastorella und gebe zunächst eine Uebersicht über den strophischen und metrischen Bau der einzelnen Gedichte. Ich ordne dabei die Strophenformen streng alphabetisch nach der Reimfolge.

§. 53. 1) 461, 200 — $a_1 a_2 a_3 a_1 b'_{1,2} a_2 b'_{1,2} a_3 b'_{1,2} a_3$. 1. 2. C. $a = an$, $b = eta$; 3. 4. C. $a = on$, $b = ida$; 5. C. $a = ent$, $b = ia$ (so wird das arg corrumpierte Gedicht herzustellen sein).

2) 461, 148 — $aaabaaabbbaub$ (6 S.). 1. 2. 3. C. $a = ats$, 4. 5. C. $= i$; $b = ie$ (durchgeh.).

3) Marcabrun 30 — $a'a'a'b'a'a'b'$ (7 S.) s. Maus Anh. 12 Cobl. 2 dreizeil. Torn. a wechselt alle 2 C. $b = ana$ geht durch, der erste b Reim ist Refrainwort *(vilana)*.

4) id. 29 — $a a a b a b$ (8 S.) s. Anm. 7 und Maus, Anh. vgl. §. 32.

5) Jojos de Toloza 1 (Rayn. Ch. V. 241) —
$a_1 b'_1 a_1 b'_1 a_1 b'_1 a_1 b'_1 \ldots$? s. Maus, Anh.

6) Guill. d'Autpol 1° (R. Ch. V. 179) —
$a_1 b_1 a_1 b_1 a_1 b_1 a_1 b_1 c'_1 c'_1 c'_1 b_1 c'_1 c'_1 c'_1 b_1 d_1 d_1 d'_1 d_1$.
Diese Form fehlt bei Maus wegen der falschen Angabe in B. Grdr. 293, 29.

7) Gui d'Uisel 13 — $a'ba'ba'bba'bb$ (7 S.) s. Levy, Guill. Fig. S. 26 No. 9 u. Maus, Anh. 5 Cobl. 2 vierzeil. Torn. durchgeh. Reime.

8) Joan Est. 5 — $a_1 b_1 a_1 b_1 a_1 b_1 \overbrace{c'_1 c'_1 c'_1 c_1 c_1}$. 5 Cobl. 2 fünfzeil. Torn. Der Dichter wendet grammat. oder derivtivena

Reim an. $c'c'c'cc$ ist in Cobl. 1 = *pastorella, bella, gonella, belh, pastorelh*; in Cobl. 2 = *chausida, marida, oblida, marit, chausit* u. s. f., vgl. Appel, P. Rog. S. 24 und Maus S. 49.

9) id. 7 — $a_8 b_8 a_8 b_8 a_8 b_8 c_4 c_4 c_4 c_4 d'_2 d'_2 c_8 d'_2 d'_2 c_8$. 6 Cobl. 1 sechszeil. Torn. Die Reime wechseln alle 2 Cobl.

10) Paul. de Mars. 6 —
$a_8 b_8 a_8 b_8 a_8 b_8 c_7 d_7 c_7 d_7 c_7 d_7 c_7 d_7$
8 Cobl. 4 vierzeil. Torn.; die Reime wechseln alle 2 Cobl.

11) Guir. Riq. 51 (II) — $ab'ab'accaac$ (10 S.). 6 Cobl. kunstvolle Reimablösung. abc in der 1. C. = *an, ella, ir.* 2. C. = *ir, ina, ai.* 3. C. = *ai, ia, uts* ... 6. C. = *ier, eya, an* (= a^1).

12) 461, 145 — $a_7 b'_8 a_7 b'_8 b'_8 b'_8 a_4 a_4 a_8 b'_8$. 6 Cobl.; die Reime wechseln alle 2 Cobl.

13) Joan Est. 9 — $a'_7 b_7 a'_7 b_7 b_7 c'_8 b_7 d_8 e'_8 e'_8 f_8 e'_8 e'_8 f_8$. 5 Cobl. 2 sechszeil. Torn.; die Reime wechseln jede Cobla. In der vierten ist b = *or estreit (amor, senhor, menor, asor)* d = *or larg (cor)*.

14) Cadenet 15 — $a_7 b'_8 a_7 b'_8 c_4 c_7 c_4 b'_8 b'_8$. 4 Cobl. durchgehende Reime *(os, ia, ors)*.

15) Gavaudan 6 — $a_8 b_8 a_8 b_8 c_4 d'_7 d'_7 c_8$. 6 Cobl. 1 vierzeil. Torn.; durchgeh. Reime *(i, elh, et, ida)*. Diese Strophenform ist sehr oft angewandt worden (s. Maus, Anh.); formell genau stimmt mit unserem Gedicht nur Bern. de Vent. 17 *(ai, e, en, ia)*.

16) id. 4 — $ababcdeec$ (8 S.) 8 Cobl. 2 dreizeil. Torn.; durchgeh. Reime *(o, os, enc, i, ats)*. *enc* ist ein schwerer Reim.

17) Gar. d'Apch. 3 (R. Ch. V. 155) — $abbaacca$ (8 S.) s. Maus S. 75.

18) Gui d'Uis. 14 — $a'_7 b_7 b_8 b_7 a'_7 b_8 b_7 b_8 a'_7 b_7 b_7$. 5 Cobl. 2 fünfzeil. Torn.; durchgeh. Reime *(ura, an)*.

19) id. 15 — $a'_8 b_8 b_8 b_8 c'_8 c'_8 d_8 d_8 d_8$. 6 Cobl. 2 fünfzeil. Torn.; die Reime wechseln alle 2 Cobl.

20) Bert. Zorzi 7 — $a'bbcca'a'de'e'dffy'hg'hii$ (lauter 7 S., nur der Schlussvers 10 S.) 7 Cobl. 2 achtzeil. Torn.; durchgeh. Reime.

21) Guir. de Born. 44 — $a_1 b_2 b_3 c', c', d, d, c', d, c'_1$. 6 Cobl. 2 fünfzeil. und 2 vierzeil. Torn. Reim a, c und d durchgeh. (*ost, eira, its*). *b* wechselt alle 2 Cobl. (*ost, ist, ast* vgl. *a*).

22) Guir. Riq. 22 (V) $abcabcabcabccdcd$ (5 S.) 5 Cobl., kunstvolle Reimablösung, $abcd$ in der 1. C. = *ia, ilha, ieu, ada*. 2. C. *ada, ella, ets, assa*. 3. C. *assa, eira, ar, ura*. 4. C. *ura, ava, an, ire*. 5. C. *ire, ara, al, iu* (= *a'*).

23) id. 49 (I) — $a'b'ca'b'cb'b'cb'b'ccc$ (5 S.). 6 Cobl. 1 achtzeil. Torn.; die Reime wechseln jede Cobla.

24) id. 32 (III) — $a'b'c'a'b'c'b'b'c'b'b'c'c'c'$ (5S.) vgl. No. 23. 5 Cobl. 1 achtzeil. Torn., kunstvolle Reimablösung. abc in der 1. C. *elha, ia, eira*. 2. C. = *ia, aire, iva*. 3. C. *aire, ensa, aya*.

25) id. 15 (VI) -- $a'_1 b'_2 c_3 a'_1 b'_2 c_3 b'_1 b'_2 c_3 b'_1 b'_2 c'_3 d'_1 c_3 d'_1 c_3$. 6 Cobl. 1 achtzeil. Torn.; die Reime wechseln jede Cobla. Spielerei mit grammatischer Assonanz im Reim c, nämlich c^1 = *ats*, c^2 = *at*, c^3 = *ans*, c^4 = *an*, c^5 = *ars*, c^6 = *ar*.

26) id. 50 (IV) — $a'b'c'a'b'c'c'b'b'd'c'b'$ (7 S.) 6 Cobl. Sehr künstliche Reimablösung. 1. C. *eira, ada, ia*. 2. C. *ada, ia, ensa*. 3. C. *ia, ensa, ida*. 4 C. *ensa, ida, unsa*. 5. C. *ida, ansa, eira* (*eira* = *a'*). 6. C. *ansa, eira, ada* (*ada* = *b'*).

27) Guir. de Born. 46 — $abcbddaeeffeeff$ (6 S.) 8 Cobl. 2 vierzeil. und 1 zweizeil. Torn. (vgl. No. 21); durchgeh. Reime. d = *its*, f = *ats*.

28) Guir. d'Esp. 8 — $a, b'_1 c, b'_2 d_1 d_2 d_3 e_1$ (?). Ueber den Respos werde ich bei Gelegenheit der Balada und Danza sprechen, vgl. S. 45.

§. 54. Auch in formaler Beziehung verraten die provenzal. pastorellas deutlich ihre Entstehung aus dem Volksgesange. Wir dürfen dabei natürlich nicht die späten Hirtenlieder eines Guir. Riq. oder Joan Esteve in Betracht ziehen, die von Künsteleien strotzen, sondern müssen unser Hauptaugenmerk auf die zwei ältesten von Marcabrun verfassten richten. Die eine derselben zeigt die alte, uns durch die Romanze Guillem's IX. wohlbekannte Form $aaabub$ (s. Anm. 7), die zweite eine ganz ähnliche ($a'a'a'b'a'a'b'$ — 7 S.), die ebenfalls auf den Grundtypus aa + Refrainzeile zurückführt. Genau mit derselben Versart kommt diese Form nicht mehr vor. Es sind mir nur noch folgende in derselben Weise abgefasste Gedichte bekannt: Raimb. d'Aur. 1 und Sifre 1 in 8 S. — P. Vid. 27 in männl. 7 S. — Guir. de Born. 66 (a ist ein männl. 7 S., b ein weibl. 5 S.). In den 3 letzten dieser Gedichte wechselt a, b geht durch. Bei Guir. de Born. sind die Zeilen auf b kürzer, entsprechend ihrem früheren Charakter als kürzere Refrainzeilen. Raimb. d'Aur. vertauscht a und b alle 2 Coblen ($a^1 a^2 = en$, $b^1 b^2 = ar$; $a^3 a^4 = ar$, $b^3 b^4 = en$). Ich werde gelegentlich ausführlich auf diese Gedichte zurückkommen.

§. 55. Lassen wir die späten Produkte des Guir. Riq. und Joan Esteve ausser Betracht, so sind von den 19 Pastorellen, die noch bleiben, nicht weniger als 8 in zweireimigen Coblen verfasst, mehr als vierreimig sind von allen Past. überhaupt nur 5 (4?) — 7 dieser Gedichte sind in einer Versart abgefasst und auch Guir. Riq. hat hierin nicht gekünstelt, von seinen 6 Past. zeigen 5 nur eine Versart. Die pastorella hat eine ausgesprochene Neigung für den 7, 5 und 8 S., manchmal sind diese, um noch mehr Lebendigkeit in den Rhythmus zu bringen mit kürzeren Versen — 2, 3 und 4 S. vermischt. – Der 10 S. spielt in der Pastorella gar keine Rolle, nur Gui d'Uisel und Bert. Zorzi haben jeder einmal als Schlussvers der Cobla einen 10 S. gewählt und Guir. Riq. hat eins seiner Gedichte ganz in 10 S. verfasst. Es stimmt dazu die Vorschrift der Leys d'am. »Pastorela requier tostemps noel so e plazen e gay, no pero ta lonc cum vers o chansos; ans deu haver so un petit cursori e viacier« (vgl. Doctr. 7).

Die Balada und Dansa.

§. 56. Litteratur: Doctrina de compondre dictats S. 21. — Leys d'amors I. 340 (198). — Gidino di Sommacompagna, Trattato dei ritmi volgari (Scelta di curiosità letterarie ined. o rare del sec. XIII al XVII) p. 69—103. — Antonio da Tempo, Tratt. delle rime volg. composto nel 1332, dato in luce p. c. di Giusto Grion, Bologna 1869 (Coll. di Opere ined. o rare dei primi 3 sec. della ling.) p. 117—128. — Compendio dell' Arte Ritmica di Franc. Baratella (eod. vol.) p. 187—191. — Raynouard, Choix II. p. 241 ss. — Dies, Poes. S. 117 (251, 276). — P. Heyse, Stud. Rom. p. 42 ss. — F. Wolf, Ueber die Lais, Seq. u. Leiche a. v. St. — P. Meyer, Dern. Troub. p. 522 (Separatabdr. p. 116). — K. Bartsch, Denkm. d. prov. Litt. (Bibl. d. Stuttg. litter. Ver. Bd. 49) S. 1. — Grdr. S. 35 (77, 79 ff.). — H. Suchier im Jahrb. XIV. S. 300.

§. 57. Die bisher behandelten volkstümlichen Dichtungsarten knüpften alle an ein episches Moment an, die Alba an den Abschied von der Freundin, die Romanze an ein Liebesabenteuer, die Pastorella an eine Begegnung mit einer Hirtin. Jetzt komme ich zu einer Reihe von Liedern, die nichts von diesem epischen Charakter an sich tragen, zu den Baladas und Dansas. Diese heiteren Tanzliedchen sind wahre Juwele der lyrischen Volkspoesie; sie erfassen alle das Leben von seiner heitersten Seite und fordern mit unwiderstehlich lockenden Worten auf, lustig und fröhlich zu sein. Aller Kummer, aller Schmerz, sogar der über einen alten eifersüchtigen Ehegemahl, wird bei Spiel und Tanz, unter Singen und Lachen vergessen. Glücklich die Zeit, glücklich das Volk, das einen so frohen, kindlichen Jugendmut besass! Alle diese Liedchen sind erotisch; aber die Sinnlichkeit, die sie atmen, ist ein Zeichen der Kraft, des südlichen Feuers, des übersprudelnden Humors — kein Zeichen einer ekelhaften Lüsternheit eines verderbten Zeitalters.

§. 58. Die ächten Tanzlieder, die uns erhalten blieben, sind alle anonym überliefert. Es ist dies ganz natürlich und wäre auffallend, wenn es anders der Fall wäre; bei Liedchen, die das junge Volk zu Tanz und Spiel sang, musste der Verfasser bald vergessen werden. Es sind folgende Gedichte:

1) 461,12. A l' entrada del temps clar (Arch. 22, 416).
2) 461,69. Coindeta sui si cum n'ai greu consire (Adrian 75).
3) 461, 73. D'amor m' estera ben e gent.
4) 461,166. Mort m'an li semblan que ma donam fai.
5) 461, 198. Pres sui ses faillensa (Adrian 73).
6) 461, 201. Quan lo gilos er fora bels ami (Gröb. Zs. IV. 503).

§. 59. Die beiden Dansas — 461, 195 »Pos la doussor del temps gai« und 461, 224 »Si tot chantar non m'enansa« —, die Paul Meyer (Dern. Troub. p. 523 resp. 116) nach Hs. *f* mitgeteilt hat, sind keine volkstümlichen Tanzlieder, ich lasse sie daher ausser Betracht.

Ueber einige Gedichte in Form der Dansa, die die provenzalische Liederhandschrift *E* enthält, berichtet Suchier (Jahrb. XIV. 301): »Den Schluss der Pariser Hs. 1749 bilden zwei Gedichte Guiraut's d'Espanha, welchen 12 anonyme Gedichte vorausgeschickt sind, die ausser einem Descort sämmtlich die Form der dreistrophigen Dansa zeigen*). Bartsch schreibt im Verzeichnis des Grdr. diese 12 Gedichte Guir. d'Esp. zu. Für 9 Gedichte gebe ich ihm Recht, in welchen Karl von Anjou, die Gräfin Beatrix, der Versteckname »Bel Proensal« und des Dichters Geliebte Berengueira genannt werden, Namen, die ausser Beatrix sämmtlich auch in Guir.'s Gedichten vorkommen. Diese 9 Gedichte zeigen vollkommene Reime, 3 — Dona, sitot nous es preza; Gen m'auci; Si la bella quem plai nom plai — sogar grammatischen Reim. Anders steht es jedoch um die 3 übrigen — Per amor soi gai; Si nom secor dona gaia; Lo fin cor quieus ai. — Ueber das erste Gedicht s. Anm. 15, von den zwei anderen bemerkt S. weiter: »sie haben in der überlieferten Gestalt ebenfalls assonierende und reimlose Zeilen. Von Guiraut sind sie sicher nicht; ob wir aber ächte Volkslieder in ihnen erkennen dürfen, wage ich nicht zu entscheiden.«

---

*) Dieser Satz verleitet zu der Annahme, die betreffenden Gedichte seien alle dreistrophig, was bei mehreren nicht der Fall ist.

Wir müssen deshalb etwas näher zusehen, ob diese zwei Gedichte eventuell unserem Verzeichnis ächter Tanzlieder hinzuzufügen sind. Das erste »Si nom secor dona gaia« ist von Bartsch (Denkm. S. 1) veröffentlicht. Suchier war hier offenbar zu sehr darauf aus, Assonanzen und reimlose Verse zu finden, sonst hätte er den kunstmässigen Charakter dieses Gedichts keinen Augenblick verkannt. Es ist inhaltlich kein Tanzlied, sondern eine Canzone. Die Worte »Hueimais, dona, es sazos qu'ieu retraja, vostra valor« deuten klar auf einen Trobador, der seine Geliebte in höfischer Weise besingt. Die Assonanzen und reimlosen Verse sind genau ebenso wie bei dem Gedicht »Per amor soi gai« auf Textverderbnis zurückzuführen, s. §. 32 und Anm. 15. Aller Wahrscheinlichkeit nach ist Guir. d'Esp. der Verfasser dieses anonymen Tanzliedes.

Das zweite Gedicht »Lo fin cor quieus ai« ist a. ders. St. S. 2 gedruckt. Der Dichter nennt es »Baladeta« (Cobl. 3, 1), dem Inhalt nach ist es ebenfalls eine höfische Canzone. Worte wie: »Ailas! que farai? E voletz m'ausire? C'ab un dous esgar M'avetz dat consire, E faitz gran peccat ...« kennt kein Volkslied. Die ganze Form und Ausdrucksweise, sowie das Nebeneinanderstellen von Reimen wie *ai, aja* (*ar, ara*), das Guiraut ausserordentlich liebt, sprechen ihm diese Baladeta mit grosser Wahrscheinlichkeit zu.

Ihm dürfte auch eine neue Dansa mit höfischem Inhalt angehören, die Suchier in seinen »Denkmälern provenzalischer Litteratur und Sprache« I. Band (Halle 1883) S. 299 veröffentlicht hat, s. ebenda S. 551 f.

Die Form der dreistrophigen Dansa zeigt auch das Gedicht »Belha dompna plazens: Ai« des Paulet de Marseilla, inhaltlich ist es ebenfalls eine Canzone, s. Levy's Ausg. S. 8 f. 18 f.

Eine »Danseta« des Uc de San Circ (457, 41) will ich nur flüchtig erwähnen, sie ist nur formell, nicht inhaltlich ein Tanzlied. Der fahrende Sänger rühmt darin sein fröhliches Leben »Una danseta voill far Jogan risen De ma vida cui Dieus gar

Son gentil sen«. Die Form dieses ausserordentlich munteren, leicht dahin hüpfenden Liedchens ist folgende:

$$a_7 \, b_4 \, a_7 \, b_4 \, a_7 \, b_4 \, [c_3 \, c_3 \, c_7 \, c_3 \, c_3 \, c_7.$$

Die Refrainzeilen enthalten gerade kein pium desiderium »Ab dous chan en dansan voiI que saves conortan baratan e trichan e las domnas galian«.

§. 60. Ich kehre zur Betrachtung unserer ächten Tanzlieder, denen ich demnach kein weiteres Beispiel hinzuzufügen wüsste, zurück. Der Inhalt der provenzalischen Baladas und Dansas ist seither entweder gar nicht in Betracht gezogen worden, oder man hat ihn nur ganz allgemein angedeutet. Diez, dem nur wenige Beispiele dieser Dichtungsart bekannt waren, begnügt sich mit der Angabe: »Es sind flüchtige, mitunter leichtfertige Lieder, bei welchen mehr die Melodie, als der Inhalt in Betracht kommt«.

Das erste der oben angeführten Tanzlieder »A l'entrada del temps clar« (B. Chr.^{8} 109) ist inhaltlich wie formell hoch interessant*). In diesem kleinen Tanzliede ist uns eine kostbare Perle ächter Volkspoesie erhalten. Es atmet aus ihm die Freude über die Wiederkehr der heiteren sonnigen Tage, die von der Jugend durch frohe Spiele und Tanz auf grünem Rasen gefeiert wird. Die Aufforderung »Laissaz nos, laissaz nos ballar entre nos, entre nos!« war sicher unwiderstehlich.

Das Gedichtchen erzählt: »Um die Freude zu erwecken bei der Wiederkehr der heiteren Sommerzeit und die eifersüchtigen Thoren zu ärgern, will die Königin zeigen, wie lieblich sie ist. Ringsumher, bis zur Meeresküste hin, hat sie alle Jünglinge und Jungfrauen zum fröhlichen Tanze entbieten lassen; doch der König kommt anderwärts her, um den Tanz zu stören,

---

*) Leroux de Lincy, Rec. des Chants histor. franç. I. p. 76 ss. nimmt fälschlich an, dieses Gedicht sei in poitevinischem Dialekt abgefasst und setzt es auf ganz vage Beweisgründe hin in die letzten 20 Jahre des 12. Jahrhunderts.

er fürchtet, man möchte ihm seine muntere Königin*) entführen. Sie aber will von dem Greis nichts wissen, denn sie liebt einen flinken Burschen, der die liebliche Herrin wohl zu ergötzen weiss. Wer gesehen hat, wie die Königin ihren schlanken Körper im Tanze wiegt, der muss gestehen, dass sie auf Erden nicht ihresgleichen hat«. Dieses heitere Liedchen ist offenbar zu einem Spiele auf grünem Rasen, zu einem mimischen Tanze gesungen worden. Die ganze Situation spricht dafür. Die Königin tanzt mit ihrer lustigen, ausgelassenen Gesellschaft; da kommt der König gezogen, er sucht sie zu haschen, aber in graciösen Wendungen entschlüpft sie seinen Armen**).

§ 61. Das zweite Tanzliedchen »Coindeta sui, si cum n'ai greu cossire, per mon marit, quar nel voil, nel desire« bietet inhaltlich wenig Neues. Es behandelt in ausserordentlich zierlicher Form das alte volkstümliche Thema von der Frau, die einem ungeliebten Manne vermählt ist und deshalb Trost sucht in dem Verkehr mit einem Freunde, s. § 66. Besonders interessant ist dieses Liedchen in textkritischer Beziehung. Es ist seither von Raynouard, Adrian, Galvani, Bartsch, Mahn und Kannegiesser herausgegeben oder übersetzt worden; merkwürdigerweise hat aber keiner gemerkt, dass von Cobla 3 und 4 eine sicher unächt ist. Eine Nebeneinanderstellung der zwei Coblen zeigt klar ihre auffallende Uebereinstimmung, ich füge die Schlusscobla hinzu, da sie ebenfalls in Betracht kommt.

Cobl. 3. »Mais d'una ren m'en son ben *acordada,*
Sil meus amics m'a s'amor emendada,
Vel bel esper, a cui me son *donada;*
Plaing e sospir quar nel vei nel remire.

Cobl. 4. E dirai vos de quem sui *acordada:*
Quel meus amics m'a longament amada

---
*) »la regina aurilloza« Leroux de Lincy a. a. O. macht daraus eine »reine avrilloua — reine d'avril«!

**) Ueber ein ähnliches Fest s. Keller und v. Seckendorf, Volkslieder aus der Bretagne, Anm. zu No. 38.

>Ar li sera m'amors aban*donada*
>*El bels espers qu'eu tant am e desire.*

Cobl. 5. En aquest son faz coindeta balada
E prec a totz que sia loing chantada *)
E que la chant tota domna ensegnada
Del meu amic *qu' eu tant am e desire.*«.

In Cobla 3 befriedigt mich der zweite Vers nicht, in Cobl. 4 der vierte. Man wird am besten thun, Cobl. 4 beizubehalten, die letzte Zeile aber »vel bel esper! quar nel vei nel remire« zu lesen; da sie ihren Freund nicht bei sich hat, ist es nur eine Hoffnung, dass sie ihm ihre Liebe schenken wird.

§. 62. Das dritte Tanzlied »D'amor m'estera ben e gent« (Chr.³ 243) scheint von einem höfischen Dichter verfasst zu sein, der aber den volkstümlichen Ton sehr gut getroffen hat**). Der Trobador entschuldigt sich bei seiner Freundin, dass er so lange ausbleibt, und bittet sie, ihm keine Vorwüfe deshalb zu machen; denn jetzt weile er in Aragon bei dem wackeren König. Er will aber sporustreichs zu ihr eilen, um sein Vergehen zu sühnen. »Schöne Herrin glaubt ja nicht den falschen Verleumdern, die die Liebe erniedrigen«.

§. 63. Das vierte Liedchen »Mort m'an li semblan que ma donam fai« (B. Chr.³ 241) hat auch mehr volkstümliche Form als volkstümlichen Inhalt. Die Anfangszeile lässt schon seinen can-

---

*) Guill. de Berguedan drückt sich zuversichtlicher aus: »Chanson ai comensada. Que sera loing chantada En est son veill antic Que fetz 'n Ot de Moncada«.

**) Dass auch die höfischen Trobadors Tanzlieder dichteten, bezeugt die Tornada des Gedichts »Per joy d'amor e de fis amadors«. Dasselbe ist nur in Hs. C erhalten und dort Ponz de Capduoill zugeschrieben, s. von Napolski's Ausg. S. 51 f. Der Dichter sagt »Dona N'Auda, balladas ni chansos No vuelh faire, que noy parle de vos«. In der Hs. P wird auch von Guillem de Cabestaing berichtet »comencet de trobar cobletas avinenz e guias e danzas« (Ach. 50, 259). Auf dieses Zeugnis ist jedoch kein Wert zu legen, da nur diese einzige unglaubwürdige Hs. den betreffenden Passus enthält, s. Beschnidt, Die Biogr. Guill.'s de Capestaing S. 9. 11.

zonenartigen Charakter erkennen. Sehr auffallend ist der Versteckname, der in der Tornada begegnet, sowie die Anwendung einer solchen überhaupt*). Aller Wahrscheinlichkeit nach ist sie unächt oder aus einem anderen Gedichte entlehnt und angehängt. Die dritte Strophe gewährt einen sehr schönen Abschluss. Zudem ist das Gedicht durchaus in zehnsilbigen Versen mit männlicher Caesur nach der fünften Silbe abgefasst, der erste Vers der Tornada ist jedoch ein ganz regelmässiger Zehnsilbler mit männlicher Caesur nach der vierten Silbe, der zweite Vers scheint verderbt zu sein. Der Versteckname »Bels Conorz« erinnert an Bernart de Ventadorn, s. Bischoff, Biogr. des Troub. Bern. de Ventadorn S. 33 ff.

§. 64. Das fünfte Tanzlied »Pres soi ses faillensa« (Chr.⁸ 244), das Bartsch Dansa überschreibt, ist inhaltlich dem vierten ganz ähnlich. Es behandelt die Sehnsucht nach der Geliebten. Der Klageruf »Hai s'en brieu non la vei, brieumen morrai« kehrt am Ende jeder Strophe wieder.

§. 65. Das sechste Tanzliedchen ist wieder ganz volksmässig in Inhalt und Form. Es ist wie No. 2 von einer Frau verfasst und behandelt ein nahe verwandtes Thema. Die Frau singt:

1. »Balada cointa e gaia
   Faz cui pes ne cui plaia
   Pel dolz cant que m'apaia
   Queus audi — seir e de mati.
2. Amic s'ieu vos tenia
   Dinz ma chambra garnia
   De joi vos baisaria
   Quar n'audi — bendir l'autre di.
3. Sil gilos mi menaza
   De baston ni de maza
   Del batre si sel faza
   Quieus afi — mon cor nos cambi«.

---
*) Die übrigen 5 anonymen Tanzlieder haben formell keine Tornada, wohl aber begrifflich. No. 2 und 3 enthalten den Gedanken, den höfische Dichter in Tornaden niederzulegen pflegten, in den Schlusscoblen.

Nach der ersten und zweiten Zeile, sowie am Ende jeder Cobla
kehrt der Refrain wieder: »Quant lo gilos er fora bels ami
Vene vos a mi«.

§. 66. Dass Baladas und Dansas vielfach von Frauen verfasst wurden, ist nicht zu bezweifeln *). Die Frauen des sangeslustigen Volkes der Provenzalen nahmen einen ausserordentlich regen Anteil an der Poesie. Die Damen der höheren Stände veranlassten die Trobadors zu künstlichen in reichen Melodien gesungenen Canzonen, einzelne traten sogar selbst schöpferisch auf. Die Mädchen und Frauen der niederen Stände pflegten jedoch den Volksgesang. In der Biographie Raimon's de Miraval wird uns ausdrücklich berichtet, seine Gemahlin Gaudairenca habe Dansas gedichtet, die ihr Liebesverhältnis zu dem Ritter Guillem Bremon behandelten **). Wie diese Frauenlieder inhaltlich beschaffen waren, können uns die zwei Baladas »Coindeta sui« und »Quant lo gilos er fora« verraten; zeigt uns übrigens auch klar der Inhalt der Canzonen, die Beatrix von Dia an Raimbaut d'Aurenga richtete. Ihr Gedicht »Ab joi et ab joven m'apais« halte ich durchaus nicht für so naiv-platonisch wie Diez (L. u. W. 67, vgl. Weinhold a. a. O. 261 ff. — Burdach a. a. O. 366).

Hier ist auch eine sehr schöne anonym überlieferte Canzone zu nennen, in der eine Dame ihr Herz enthüllt — 461, 206. »Quan vei los praz verdesir« (B. Chr.⁸ 225) ***). Die Tornada dieses Gedichts ist reizend:

---

*) s. Fauriel II. 74—76. 90. — Wackernagel, Afz. L. u. L. 177. — Weinhold, Die deut. Frauen im Mittelalter, 2. Aufl. I. 143 ff. 147. 250. — Schultz, Das höf. Leben zur Zeit der Minnesinger I. 427. — Burdach, Das volkstüml. deut. Liebeslied (Zs. f. deut. A. XXVII. N. F. XV. 356 ff. 366 f.).

**) Et ela entendia en un cavayer que avia nom Guillem Bremon, don el fazia sas dansas«.

***) Die Angabe des Druckes fehlt in Bartsch's Grdr. Maus hat infolgedessen die Strophenform dieses Gedichts in seinem Anhang nicht angeben können. Es ist sehr einfach gebaut: $a, b', a, b', b', a, b', a_1$; andere Gedichte derselben Form bespricht Maus S. 46 ff. und Anm. 2.

»Dinz ma˘ chambra encortinada
Fon el a lairon,
Dins ma chambra ben daurada
Fon el en preison. Aei!«

§. 67. Es erübrigt noch die Formen der 6 anonymen Tanzlieder einer Betrachtung zu unterziehen; es sind die folgenden:
1. *a a a a* (10 S. $a = ai$) — Mort m'an li semblan. — Dieses Liedchen ist ganz durchgereimt: durch syntaktische und inhaltliche Gliederung zerfällt es in 3 vierzeilige Coblen. Es sind zwei Refrainzeilen vorausgeschickt, die nach dem ersten, zweiten und vierten Verse jeder Cobla wiederkehren; sie lauten:
»Mort m'an li semblan — que ma donam fai
E li seu bel oil — amoros e gai«.
Das Gedicht ist, wie schon oben erwähnt (§. 63), bis auf die zweizeilige Tornada ganz in 10-Silblern mit männlicher Caesur nach der fünften Silbe abgefasst. Bartsch hat in Gröber's Zeitschr. III. 368 ff. über dieses seltene Versmass gehandelt und keltischen Ursprung angenommen. Ich möchte ihm darin nicht zustimmen, sondern diesen 10-silbigen Vers für eine Zusammenfassung zweier 5-Silber halten, die ja in volkstümlichen Gedichten sehr beliebt sind. Durch die stark hervortretende Caesur nach der fünften Silbe bekommt dieser Decasyllabus einen ganz anderen Charakter als der gewöhnliche 10-Silber, der für heitere Dichtungsarten ganz ungeeignet ist. Der hier angewandte Vers hat rhythmisch noch ganz dieselbe Wirkung wie zwei 5-Silber.
2. $a'a'a'b'$ (10-S. 1. 2. Cobl. $a = osa$, 3. 4. $= ada$; $b =$ *ire* durchgehend) — Coindeta sui — s. §. 23.
Hier haben wir den gewöhnlichen 10-S. mit männlicher Caesur nach der vierten Silbe vor uns; dieselbe tritt sehr stark hervor und der Vers klingt deshalb durchaus nicht so feierlich und monoton, wie in einzelnen Planhs. In den zwei Zeilen:
»Coindéla sui — si cum n'ai greu cossire
Quar páuca son — joveneta e tosa«

liegt eine Art lyrischer Caesur vor, der Accent ruht ganz entschieden auf der zweiten Silbe. Auch diesem Tanzliede sind zwei Zeilen vorausgeschickt, die nach dem ersten, zweiten und vierten Verse jeder Strophe wiederkehren.

3. a, a, a, a, b'_s (5 Cobl. $a = ar$, $b = osa$) — A l'entrada — s. §. 39 und Maus, Anhang.

Nach jeder der 3 ersten Zeilen folgt der jauchzende Ausruf »eya«, am Schlusse jeder Cobla folgen die 3 Refrainzeilen des Chorus:

»A la via, a la via jelos,
Laissaz nos, laissaz nos
Ballar entre nos, entre nos«.

Nach Bartsch's Druck wäre die erste Refrainzeile ein 9-S. (s. Gröber's Zs. III. 377), doch lässt sich hier gar nichts entscheiden; man könnte sie ja in zwei weibl. 3-S. und einen 2-S. zerlegen. — Es finden sich in diesem Gedicht einige Assonanzen, die aber dem Reim sehr nahe stehen (*part, vieillart* und *vertat* reimen auf *ar*).

4. $a'_s a'_s a'_s b_s b_s$ (3 Cobl. $a = aia, ia, aza$; $b = i$ durchgehend) — Quant lo gilos. — Fassen wir die 2 letzten Zeilen zu einem 8-S. mit Binnenreim zusammen, so haben wir wieder die bekannte volksthümliche Strophenform $aaab$, s. §. 23. Es sind 2 Zeilen vorausgeschickt, die nach dem 1., 2. und letzten Verse jeder Cobla wiederkehren.

5. aab (8-S. 6 Cobl. $a = on, b = ent$) — D'amor m'estera — Die Strophenform: aab hat Marcoat in seinen 2 Gedichten angewandt, die Verdoppelung $aabaab$ kommt häufig vor, s. Maus, Anhang*). Die zwei Zeilen:

»D'amor m'estera ben e gent
S'eu ma dona vis plus sovent«,

die vorausgeschickt sind, werden nach dem ersten und dritten Verse jeder Cobla wiederholt.

6. $u'_s a'_s b_s a'_s b_s u'_s a'_s b_s$ (3 Cobl. $a = ensa, ana, esa$;

---

*) Ich komme gelegentlich auf diese interessante Gruppe zurück.

$b = ai$). — Pres soi ses faillensa — s. Maus, Anhang. Nach jeder Strophe folgt die Refrainzeile »Hai! s'en brieu non la vei, brieumen morrai«.

§. 68. Die auffallendste formale Erscheinung bei den Tanzliedern sind die vorausgeschickten Refrains [*]). Betrachtet man aber den ursprünglichen Charakter dieser Kehrzeilen, so ist es ganz natürlich, dass sie sich am Anfange des Gedichts finden. Sie enthalten eine Aufforderung lustig und fröhlich zu sein; das Lied beginnt damit und jauchzend kehrt sie nach jeder Strophe wieder. Diese Erscheinung ist also durchaus nicht so fremdartig, dass man wieder zu den Arabern wandern müsste, um bei ihnen Vorbilder zu suchen (s. Jahrb. XIV. 300). Finden sich derartige vorausgeschickte Refrains auch in arabischen Gedichten, so beweisen sie weiter nichts, als dass sich die Poesie unter gleichen Bedingungen gleicher Mittel bedient.

Die Retroensa.

§. 69. Litteratur: Doctrina de compondre dictats 6. 22. — Leys d'amors I. 346 (B. Chr.[*] 376) vgl. I. 286. — Rayn. Ch. II. 238. — Diez, Poes 117. — Wolf, Ueb. d. Lais, Seq. u. L. 248. — Wackernagel, Afz. L. u. L. 183 ff., 195, 204, 234. — Heyse, Stud. Romanensia 15 ss. — Bartsch, Grdr. 35. — Levy, Paul. de Mars. (Separatabdr.) 8. 8.

Von dieser Dichtungsart sind uns nur 4 Beispiele aus der Epigonenzeit der provenzalischen Lyrik erhalten.

1) Guir. Riquier 57 — No cugey mais d'esta razon chantar. Aus dem Jahre 1279.

2) id. 65 — Pus astres no m'es donatz. 1270.

---

[*]) Die Leys d'amors nennen sie respos (= responsus), d. h. Antwort des Chorus, des ganzen Kreises, an den sich das Lied wendet. In 5 der oben behandelten Tanzliedchen zeigen diese Refrainzeilen denselben Reim wie die letzte Strophenzeile, nur die Balada »A l'entrada del temps clar« hat neuen Reim für die Refrainzeilen eingeführt, sie stellt dieselben auch nicht voran, wie No. 1, 2, 4 und 5 des vorhergehenden §.

3) id. 78 — Si chans me pogues valensa 1265 (75?).
4) Joan Esteve 11 — Sim vai be ques ieu non envei. 1281.
(M. W. III. 262).

Aus mehrfacher Erwähnung geht jedoch hervor, dass die Retroensa vielfach gepflegt wurde. Guiraut de Cabreira wirft in seinem Ensenhamen einem Joglar vor: »Bons estribotz non t'eis pels potz, *retroencha* ni contenson« (B. Chr.³ 83, 2 ff.) und Peire de Corbiac rühmt sich in seinem Tezaur: »e sai be cansonetas e vers bos e valens, pastorelas ab precs amoros e plazens, *retroensas* e dansas gentet e coindamens« (B. Chr.³ 215, 13 ff.). Die Biographie Raimon's de las Salas berichtet ausdrücklich, er habe »retroenzas« gedichtet (s. die Anm. auf S. 7), und auch Maistre Ferrari da Ferrara soll nach seiner Lebensbeschreibung eine solche verfasst haben (Mahn, Biogr.³ CXVIII »non fes mais que doas chansos e una retroensa«), s. auch §. 43, Lex. Rom. I. 16 und Rayn. Cb. V. 40.

§. 70. Die 4 erhaltenen Retroensas unterscheiden sich inhaltlich durchaus nicht von Canzonen. Ihr Characteristicum scheint demnach in der Form oder Melodie zu liegen. Sie sind folgendermassen gebaut:

Guir. Riq. 57 — $abbacc[dd$ (10 S. — 4 Cobl. durchgeh. Reime; $a = ar$, $b = iers$, $c = en$, $d = a$). Dies ist die gewöhnlichste Strophenform der provenz. Lyrik, s. Maus, Anh.; auch die Form der einfachen Strophe (ohne Refrainzeilen) kommt mehrfach vor. Der Refr. lautet:

»Mas eras chan, que ben leu m'entendra
Tals, qu' enqueras ben entendut no m'a«.

id. 65 — $ab'ab'ab'ab'[cc$ (7 S. — 5 Cobl.; die Reime wechseln jede Cobla), s. Maus Anm. 2 und S. 71. Die letzte Zeile der eigentlichen Cobla leitet zum Refrain über; sie beginnt stets »En Cataluenha....«, der Refr. selbst lautet:

»Entrels Catalas valens
E las donas avinens«.

id. 78 — $a'ba'bba'b[c'c'$. (7 S. — 5 Cobl. Die Reime wechseln jede Cobla). Diese Strophenform kommt nicht weiter

vor, die einfache Strophe findet sich wiederholt, s. Maus, Anh.
Refr.:   »Ni vuelh, que res li sovenha
         Endrech mi, quel descovenha«.
   Joan Est. 11 — $a, b', a, b', c, c, d, c, c, d, [e, e]$. (5 Cobl., 1 siebenzeil. Torn.: $cd\ ccd$ (ee, durchgeh. Reime: $a = ei$, $b = ansa$, $c = or$, $d = ia$, $e = en$). Diese Strophenform kommt nicht weiter vor, die Form der einfachen Cobla nur noch einmal, s §. 37. Refr.:
         »Ben dei cantar gaiamen
         Pus ai tan gai jauzimen«.

§. 71. Aus dieser Zusammenstellung ergibt sich nur, dass die Retroensas mehrere Refrainzeilen am Schlusse der Cobla hatten. Nach der Definition der Doctrina de comp. dict. und der Leys d'amors ist dies allerdings das Hauptmerkmal einer »retroensa«. Die Doctr. gibt folgende Anweisung:

6. Si vols far retronxa, sapies que deus parlar d'amor, segons l'estament en quen seras, sia plazen o cosiros; e no y deus mesclar altra raho. E deus saber que deu haver quatre cobles, e so novell tota vegada. E deus saber que per ço ha nom retronxa car lo refray de cadaüna de les cobles deu esser lotz us.

22. Retronxa es dita per ço retronxa cor totes les cobles deven esser estronçades a la fi; e per ço lo refrayn de la primeyra cobla serveix a totes les altres cobles.

Die Leys d'am. geben an: Retroncha es us dictatz ayssi generals coma vers, que pot tractar de sen, de essenhamen, d'amors, de lauzors o de reprendemen, per castiar los malvatz. et aquest dictatz sec lo compas de vers, cant al so e cant a las coblas, quar pot haver de .V. a .X. coblas; et es dicha retroncha, quar es de coblas retronchadas, no per autra cauza. E quar lassus avem mostrat qu'es cobla retronchada, per so no qual ques ayssi ne tractem. Empero cant hom fa vers, chanso o dansa per coblas retronchadas, ges per so no se sec que deja aver nom retroncha, hans lo pot hom apelar vers retronchat, o chanso o dansa retronchada.

Eine »cobla retronchada« ist aber nach den Leys I. 286 eine Strophe mit Refrainzeilen.

§. 72. Diese ganze Definition ist auf eine falsche Etymologie basiert. Die Verfasser der Doctr. und der Leys leiten »retroncha« von retronchar [retruncare] ab, aus retroncha konnte aber nie und nimmer »retroensa« hervorgehen. Es verhält sich gerade umgekehrt, retroensa ergab retroencha, retroncha. Als Etymon setzt Wackernagel »retroientia« an, s. auch Diez, Etymol. Wtb.⁴ 668 f. Nach der Doctr. und den Leys wäre eigentlich jedes vers-, canzonen- oder dansaartige Gedicht, das mit Refrainzeilen versehen ist, eine Retroensa; die letzteren geben daher den guten Rat, einen vers mit coblas retronchadas »vers retronchat« zu nennen u. s. f. Was nennt man nun aber »retroensa«?! — Ich glaube, man hat die 4 erhaltenen Gedichte dieser Art als höfische Nachbildungen anzusehen, die den wirklichen Charakter der »retroensa« nicht mehr erkennen lassen. Den Verfassern der Doctr. und der Leys waren offenbar nur solche späte Produkte bekannt, ihre Definition ist daher nicht massgebend *).

Die Estampida.

§. 73. Litteratur: Doctrina de c. d. 12. 28. — Leys d'am. I. 350. — Rayn. Ch. II. 255. — Meyer, Dern. Troub. p. 486—92 (Separatabdr. 78—84). — B. Grdr. 39 f.

Die Handschrift *P* teilt uns folgende Episode aus dem Leben Raimbaut's de Vaqueiras mit: »En aquest temps vengron dos joglars de Franza en la cort del marques que sabion ben violar. Et un jorn violaven una stampida que plazia fort al marques et als cavaliers et a las dompnas. Et En Raimbaut

---

*) Levy erkennt a. a. O. die Erklärung der Leys an und hält infolgedessen Paul. de Mars. 2 »Aras qu'es lo gais pascors« für eine Retroensa. Es ist eine Canzone mit 2 Refrainzeilen am Schlusse jeder Cobla. Das zweite neue Beispiel, welches er anführt, ist eine »esdemessa«, s. §. 76.

non s'allegrava nien ..... Et ma dompna Biatrix fu tan cortes e de bona merce qu'ella lo preguet el confortet qu'el se degues per la soa amor rallegrar. Et qu'el feses de nou una chanson. Dont Raimbaut per aquesta rason que vos avez ausit fet la stampida e dis aisi: 'Kalenda maia, ni folh de faia' Aquesta stampida fu faita a las notas de la stampida quel joglars fasion en las violas« (s. Arch. 50, 251 — L. u. W. 283). Da fast sämmtliche Biographien dieser Hs. novellistisch ausgeschmückt sind, und diese »razos« ganz den Charakter eines verschönernden Zusatzes trägt, dürfen wir ihr kein Vertrauen schenken [*]). Namentlich ist es uns nicht gestattet, an eine Priorität der nordfranzösischen »estampies« zu denken [**]).

Die Estampida Raimb.'s de Vaqueiras hat folgende Form:
$a'_4 a'_6 b_4 u'_4 \mid a'_4 a'_6 b_4 a'_4 \parallel b_4 a'_4 \mid b_4 u'_4 \parallel a'_2 a'_2 a'_6 \mid a'_2 a'_2 a'_6$.
Diese Cobla ist ganz symmetrisch gebaut; fassen wir die b als Binnenreime auf, so erhalten wir folgendes Schema:
$a'_4 a'_4 a'_1 \mid a'_4 a'_4 a'_1 \parallel a'_1 \mid a'_1 \parallel a'_2 a'_2 a'_6 \mid a'_2 a'_2 a'_6$ [***]).

---

[*]) Ich werde demnächst eine kritische Untersuchung über die Troubadourbiographien der Hs. P veröffentlichen.

[**]) Die afz. Form *estampie* geht auf prov. *estampida* zurück (s. Diez, Etym. Wtb.⁵ 576 — Dern. Troub. 489), dieses selbst ist entsprossen aus dem verb. *estampir* welches »ertönen, rauschen« bedeutet. Als Etymon gibt Diez ahd. *stamphjan* an. Die ursprüngliche Bedeutung von *estampir, estampida* war demnach »stampfen, Gestampf«, weiterhin »Lärm, Getöse« (vgl. Aimeric de Peg. 32, 41 ff. »Estampidas e rumor sai qu'en faran entre lor, menassan en la taverna« und ital. *stampita* in der Bedeutung »discorso lungo, nojoso e spiacevole« s. Manuzzi, Vocab. della ling. ital.). Hieraus entwickelte sich die übertragene Bedeutung »Tanz, bei welchem der Takt durch Aufstampfen markiert wird« und schliesslich »begleitendes Lied eines solchen« (vgl. Gröber, Afz. B. u. P. Anm. 32). Als sich die höfischen Dichter dieser volkstümlichen Dichtungsart bemächtigten, fiel der lärmende Bauerntanz natürlich weg und P. Fanfani bemerkt ganz richtig »stampita era una canzone che accompagnavasi semplicemente col suono e non da ballo (Note all' Introd. della Giorn. V⁰ del Decam.).

[***]) Maus gibt diese Strophenform unrichtig und mit falscher Zerlegung an (s. Anh. No. 6), sie zerfällt in 3 Theile, deren jeder 2 gleiche Hälften zeigt, vgl. Maus S. 71 und die ähnliche Form, ib. S. 42, wo alle

(5 Cobl., die Reime wechseln jede C.). Inhaltlich ist das Gedicht eine Canzone. Raimb. schliesst mit den Worten: »Bastida, fenida, 'n Engles ai l'estampida« und lässt so keinen Zweifel über den Charakter seines Liedes. P. Meyer vermutet Rostanh Berenguier 3 gehöre ebenfalls zu dieser Dichtungsart. Der Bau dieses Gedichtes ist ganz gleichmässig und ziemlich einfach:

$$a'_3 a'_3 a'_3 b_3 \mid a'_3 a'_3 a'_3 b_3 \mid c'_3 c'_3 d_3 \mid c'_3 c'_3 d_3.$$

(5 Cobl., 1 sechszeil. Torn., die Reime wechseln jede C., in der 1. u. 4. $d = a$). Die Analogien, die M. zwischen dieser Strophenform und der vorhergehenden findet, sind aber rein zufällige, jedenfalls lassen sich weit mehr Verschiedenheiten als Uebereinstimmungen aufzählen. Inhaltlich ist das Gedicht eine Canzone, ob es formell eine »Estampida« ist, lässt sich also nicht entscheiden.

§. 74. Das Gedicht des Joan Esteve 8 »Lo senher ques guitz« (s. Dern. Troub. p. 492) ist keine Estampida, sondern eine genaue Nachahmung der Canzone »Qui la ve en ditz« Aimeric's de Peguilain (Grdr. 10, 45); dem gleichen Vorbilde ist auch die Tenzone zwischen Raimon Guillem und Ferrari da Ferrara nachgebildet (Grdr. 150, 1. 402, 1 — Arch 50, 264 P)*). Den Bau dieser 3 Gedichte veranschaulicht folgendes Schema:

$a_3 b_3 b_1 \mid a_3 b_3 b_1 \mid a_3 b_3 b_1 \mid a_3 b_3 b_1 \parallel c_3 c_1 d_3 d_1 \mid c_3 c_1 d_3 \mid$
$c_3 c_1 d_3 d_1 \mid c_3 c_1 d_3 \parallel e'_3 e'_3 f_3 f_1 \mid e'_3 e'_3 f_3 f_1 \mid e'_3 e'_3 f_3 f_1 \mid e'_3 e'_3 f_3 f_1.$

Fassen wir die einzelnen Gruppen zu Langzeilen mit Binnenreim zusammen, so erhalten wir folgendes Schema:

$A_{11} A_{11} \mid A_{11} A_{11} \parallel B_{12} B_{11} \mid B_{12} B_{11} \parallel C_{14} C_{14} \mid C_{14} C_{14}.$

§. 75. Die Gedichte der Trobadors gewähren uns demnach fast keine Aufklärung über das Wesen der »estampida«; aus dem Gedichte Raimb.'s de Vaqueiras scheint nur hervorzugehen, dass diese Dichtungsart durch kurze Verse und lebhaften Rhythmus ausgezeichnet war. Die Doctrina berichtet uns:

---

d als 6-Silbner bezeichnet werden mussten. Prof. Stengel fasst diese Form mit Annahme von schwachen Cäsuren bei den weiblichen Binnenreimen als: $A_{11} A_{11} \mid A_{11} A_{11}, B_{11} \mid B_{11} \parallel C_{11} C_{11}$, auf.

*) Maus, Anh. No. 488 = 487! Ich komme gelegentlich auf diese Gedichte zurück.

No. 12. Si vols far estampida, potz parlar de qualque fayt vulles, blasman o lauzan o merceyan, quit vulles; e deu haver quatre cobles e responedor, e una o dues tornades, e so novell.

No. 28. Stampida es dita per ço stampida cor pren vigoria en contan o en xantan pus que null autre cantar.

Die Leys I, 350 enthalten folgende Angaben: »Encaras havem estampida et aquesta ha respieg alcunas vetz quant al so d'esturmens et adonx d'aquesta no curam. Et alqunas vetz ha respieg no tant solamen al so ans o ha al dictat quom fa d'amors o de lauzors a la maniera de vers o de chanso. Et adonx segon nostra sciensa pot haver loc. Aytals dictatz no principals podon haver tornada o no e pot hom en loc de tornada repetir la una cobla del commensamen o de la fl«.

Aller Wahrscheinlichkeit nach war die »estampida« ursprünglich ein Lied, das zu einer bestimmten Tanzweise gesungen wurde (s. S. 49. Anm. **)

Die Esdemessa.

§. 76. Litteratur: L. u. W. 551, 1. — Kalischer 40. — B. Grdr. 39.

»Sim donava s'amor la pros comtessa Cill de Carret qu'es de pretz seignoressa Non faria per lleis, un' esdemessa« ruft Albert de Sisteron am Schlusse eines Sirventes aus (Grdr. 16, 43 — Arch. 51, 252 A). Was ist eine »esdemessa«? fragen wir. Ein Gedicht Tomier's *) gewährt uns einigen Aufschluss (Grdr. 442, 1). Der Verfasser beginnt mit den Worten »De chantar farai una esdemessa«, lässt also gar keinen Zweifel, welcher Gattung sein Lied angehöre **). Es hat folgende Form:
$a_s b'_s a_s b'_s a_s b'_s [c_s c_s$ (über 6 Cobl., der Reim wechselt jede C.)

---

*) Er war ein Ritter aus Tarascon und dichtete um das Jahr 1220, s. Mahn, Biogr." CIX — Papon, Hist. génér. de Prov. II. 422 — Maus, Anm. 7.

**) Levy hat es trotzdem zu den Retroensas gezählt, s. S. 48. Anm.

Der Refr. lautet: »Segur estem seignors E ferms de ric socors«.
Inhaltlich ist das Gedicht als ein Sirventes zu bezeichnen. Die
Benennung »esdemessa« scheint überhaupt auf eine Verwandtschaft mit dieser Dichtungsart hinzudeuten. Das vb. *esdemetre*
wird im Donat. prov. mit »assaltum facere« glossiert [*]), Esdemessa würde also — wofern wir es als eine Ableitung davon
ansehen dürfen — Angriffslied oder Streitlied bedeuten.

Grosse Aehnlichkeit mit der vorliegenden Esdemessa zeigt
das berühmte volkstümliche Gedicht des Peire de la Caravana
»D'un sirventes faire es mos pensamenz« [**]). Es hat folgende
Form: $a'ba'ba'b[cccc$. (5 S. — 7 Cobl., 1 vierzeil. Torn.,
der Reim wechselt jede C.) , Der Refr. lautet: »Lombard be
us gardatz Que ja non siatz Peier que compratz Si ferm
non estatz«. Bartoli bemerkt mit Recht »Qui davvero il metro,
lo stile, il ritornello, tutto ci fa sentire la poesia destinata ad
essere cantata al popolo«.

Weshalb dieses Gedicht ein Sirventes, das vorhergehende
aber eine Esdemessa ist, vermögen wir nicht zu entscheiden.
Das eigentliche Charakteristicum der »esdemessa« bleibt uns
verborgen.

Die Mandela.

§. 77. Die Leys d'am. bemerken I. 152: »Doas manieras
trobam de sonansa, la una es borda e l'autra leyals. sonansa
borda reproam del tot. Jaciaysso que tot jorn uza hom
d'aquesta sonansa borda en *mandelas* de las quals no curam
quar d'aquels non vim ni trobar non podem cert actor so es

---

*) s. E. Stengel, Die 2 ält. prov. Gramm. 36, 38 — 89, 34.

**) s. U. A. Canello, P. de l. Car. e il suo serventese (Giorn. de filol.
romanza III) — dess. Fiorita di Liriche Provenzali, Bologna 1881 p. 153. —
Ad. Bartoli, I primi due sec. della lett. ital. p. 74 s. — O. Schultz, Die
Lebensverhältnisse der ital. Trobadors (Gröb. Zs. VII. über P. de l. Car.
S. 182 ff.)

a dire que no sabem don procezissho ni qui las fa ni podem trobar cert compas en aquelas«.

Als Beispiele der »simple sonansa borda« werden dann ff. Zeilen angeführt: »Encarcerat tenetz mon cor, amors! E delivrar nol pot autra mas vos. Quar fis aymans secors no vol lunh temps Si no de liey, on sos volers es ferms«. Suchier bemerkt dazu (Jhb. XIV. 302): »Dass die zwei Strophen, welche die Leys zur Illustrierung der Assonanz anführen, Proben ächter Volkspoesie sind, ist unverkennbar. Wahrscheinlich sind es zwei mandelas«. Ich sehe nicht ein, weshalb hier zwei Strophen, zwei mandelas vorliegen sollen. Die 4 Zeilen enthalten einen ganz einheitlichen Gedanken, der dritte Vers bezieht sich ausdrücklich auf das Vorhergehende, und es ist nirgends gesagt, die Mandela bestehe aus einem einzigen Paar assonierender Verse. Der Inhalt der betreffenden Zeilen ist übrigens durchaus nicht volkstümlich. Wir haben hier keine ächte »Volkspoesie« vor uns, sondern eine rein höfische Nachbildung, an der nichts ächt ist als die Assonanz. Ob diese vier Verse eine Mandela repräsentieren, ob diese demnach einen spruchartigen Charakter hatte, vermögen wir nicht zu entscheiden; an ihrer Volkstümlichkeit lassen die angegebenen Merkmale keinen Zweifel. Ihre Zusammenstellung mit dem »redondel« (Leys I. 350, wo übrigens *viandelas* gedruckt ist) berechtigt uns aber nicht Verwandtschaft mit demselben anzunehmen (B. Grdr. S. 40)*).

---

*) Man könnte vermuten »mandola« stände für »mandola« (s. Etym. Wtb.' 233 s. v. pandura) und diese Dichtungsart verdanke ihren Namen dem begleitenden Instrument (vgl. arlabecca von rebec. Grdr. S. 50. -- Etym. Wtb.' 269); es fehlt jedoch jeder sichere Anhalt.

Excurs.

Untersuchung über die Cercalmon zugeschriebenen Gedichte.

§. 78. Litteratur: Mahn, Der Troub. Cercamon (Jahrb. I. 83 ff.) nebst Nachtrag von A. Tobler (Jahrb. L. 212 ff.) und E. Stengel (Jahrb. XII. 239). — Pio Rajna, Spigolature Provenzali. — Cercalmon »Car vei fenir a tot dia« (Romania VI. 115—19).

Von Cercalmon verfasste Gedichte müssten für unsere Abhandlung über die volkstümlichen Dichtungsarten von der höchsten Bedeutung sein. Er gehört zu den allerältesten provenzalischen Dichtern, von denen uns etwas bekannt ist, und es ist anzunehmen, dass seine Gedichte noch mehr den volkstümlichen Charakter an sich tragen als die Guillem's IX; denn Cercalmon war ein fahrender Sänger, der von Stadt zu Stadt, von Schloss zu Schloss zog, täglich in enger Berührung mit dem Volk, Guillem IX. dagegen war ein mächtiger Fürst, der dem Leben und Treiben des Volkes ferner stand.

§. 79. Cercalmon werden in den provenzalischen Liederhandschriften 5 Gedichte attribuiert, eins dieser Lieder schreibt ihm nur das Ms. C zu, während AD^aIK den richtigen Verfasser — Peire Bremon (Ricas Novas) nennen.

Von den übrigen 4 Gedichten documentiert sich »Quan l'aura doussa s'amarzis« als sicheres Eigentum Cercalmon's, da er darin nach Art vieler Trobadors der alten und guten Zeit*) seinen Namen nennt: »Cercalmon ditz, greu er cortes Hom que d'amor se desesper«**). Das Gedicht hat gar nichts Volkstümliches, es ist eine höfische Canzone, die offenbar zum

---

*) Wie: Marcabrun, Raimb. d'Aurenga, Peire d'Alvernhe, Guiraudo lo Ros, Peirol, Raimon de Miraval, Gavaudan, Guill. Ademar u. a. m., s. Jahrb. XIV. 137.

**) Diese Angabe des Namens von Seiten des Dichters erinnert an den sehr gebräuchlichen Schluss vieler Volkslieder, in welchem der Verfasser nähere Auskunft gibt über seine Stellung und die Entstehung des betreffenden Gedichts, vgl. Mor. Haupt, Französ. Volkslieder S. 13, 17, 39, 45, 72, 97, 108, 140, 148, 150, 164. Auf S. 138 nennt sich der Dichter:
Qui a faict la chansonnette?
c'est Pierre du Blaty,
qui est né de la ville
de Cahors en Quercy ...«

Vortrag vor edlen Herrn und Damen bestimmt war. Ihr Inhalt ist unbedeutend, sie besteht aus aneinandergereihten Gemeinplätzen über die Liebe, ohne eine Spur von Originalität. — Interessanter ist diese Canzone in formaler Beziehung. Sie ist folgendermassen gebaut: *a b a b c d* (8 S. — 9 Cobl. 1 zweizeil. Torn. *a = is, b = an, c = es, d = er*; durchgeh. Reime). In derselben Strophenform, wenn auch nicht alle in derselben Versart, sind noch 3 provenzalische Gedichte abgefasst.

§. 80. 1. Marcabrun 36 »Per l'aura freida que guida«, ein Vers gegen die »malvatz« männlichen und weiblichen Geschlechts hat folgende Form: *a' b a' b c' d'* (7 S. — 6 Cobl. 1 zweizeil. Torn. *a = ida, b = or, c = ana, d = ina*; durchgeh. Reime, *c* und *d*, welche ähnlich wie die assonirenden Cercalmons und Peire Raimons in Beziehung mit einander stehen, wechseln gegenseitig Cobla um Cobla). Das Gedicht ist gedruckt: Arch. 33, 339; M. G. 809 nach Hs. *A* und M. G. 808 nach *E*. Die Lesarten dieser zwei Hss. zeigen gleiche Verderbnis der Reime.

2. Peire Raimon de Toloza 12 »Pos lo prims verjans brotona« (M. G. 792 *M*) hat genau dieselbe Form, wie Marcab. 36, besteht aber aus 7 Cobl. und 1 zweizeil. Torn. *a = ona, b = uelh, c = ida, d = ina*. Dieses Gedicht, das der Dichter selbst »vers« nennt, ist eine Nachahmung des vorhergehenden. Das Vorkommen der Reime *ina* und *ida* (bei Marc. = *a*, bei P. Raim. = *c*), die Uebereinstimmung mehrerer auffallender Reimworte (*retentida, forbida* u. a.), sowie inhaltliche und wörtliche Anklänge machen dies zweifellos. Bei P. Raimon wechseln jedoch ebensowenig wie bei Cercalmon, dessen Gedicht P. R. offenbar auch benutzte, Reim *c* und *d*.

3. Peire d'Alvernhe 5 »Bela m'es la flors d'aiguilen« (Arch. 51, 1 A — M. G. 1317 B — Rayn. Ch. IV. 295, M. W. I. 96) entspricht in seinem metrischen und strophischen Bau genau dem Gedichte Cercalmon's, hat aber Reim *b* mit Marcabrun gemeinsam; *a = en, b = or, c = enh, d = au*. Die Hss. *AB* bieten folgende Strophen als die 2 letzten dieses Vers:

Cobl. 7.
»Sainta Maria d'Orien
Guiza ls reis e l'emperador
E fait lur far ab la lur gen
Lo servizi nostre seignor
Queil Turc conoscant l'entres-
    seing
On Dieus moric per nos carnau.

Cobl. 8.
Aissi vauc lo vers definen
El ieu que nol puosc far loignor
Quel mals mi ten ab lo turmen
Que ma ines en tant greu langor
Quieu non sui drutz ni no men
    feing
Ni nuills jois d'amor nom esgau«.

Bei Raynouard zeigt das Gedicht aber noch folgende Strophe und Tornada:

Cobl. 9. »Dieus, que nasques en Betlehen,
Tu los capdela e 'ls acor,
Que per lo nostre salvamen
Prezes en cros mort e dolor;
Vers dieus, vers hom, vai m'accoren,
Trinus unus n'aor e'n lau.
Torn: Non er mais drutz, ni drutz no s fenh
Los pitars, ni joys non l'esjau«.

Dass der Vers mit Cobla 8 wirklich abschloss, geht aus den zwei ersten Zeilen derselben klar hervor. Ausserdem zeigt ein Vergleich, dass die 9. Cobl. und die Torn. offenbar aus der 7. und 8. Cobla zusammengeflickt sind. Cobl. 9 entspricht inhaltlich Cobl. 7, die Torn. entspricht auch dem Wortlaute nach fast genau den zwei letzten Zeilen von Cobla 8. Die 9. Cobl. nebst Torn. sind also unächt!

Einen sehr interessanten Aufschluss über die Entstehungszeit gewährt uns Cobl. 7. Sie bezieht sich offenbar auf den dritten Kreuzzug; der Kaiser und die Könige, die die Jungfrau leiten soll, sind Kaiser Friedrich I., Richard Löwenherz und Philipp II. August von Frankreich. Will man annehmen, die Cobla sei gedichtet, nachdem die Fürsten den Zug angetreten hatten, wie es wohl das Wahrscheinlichste ist, so gehört sie in das Jahr 1190. Jedenfalls ist sie entstanden, ehe die Kunde vom Tode Kaiser Friedrich Barbarossa's († 10. Juni 1190) nach der Provence gelangte. Ich rede von der Entstehungszeit der Cobla und nicht von der des ganzen Gedichts, weil auch die 7. und 8. Strophe, trotz ihres ganz gleichen Baues nicht zu demselben gehören. Eine Betrachtung des Inhalts zeigt dies zur Evidenz. Der Dichter wendet sich nach der ersten einleitenden Strophe gegen die verheirateten Männer, die den Frauen Anderer den Hof machen; er redet von »braguier« und »contraclau«*) und schimpft dann auf die »girbaulz**)« und die kleinen Girbautchen — Alles ganz nach Art von Marcabrun. Darauf folgt dann ganz unvermittelt die Strophe »Sainta Maria d'Orien«. Es finden sich zwar Gedichte in der provenzalischen Lyrik, die von einer Canzone in ein Sirventes umschlagen und umgekehrt; aber der Uebergang oder vielmehr Sprung von einem Sirventes gegen die Girbautz zu einem Kreuzliede wäre doch etwas stark. Die Worte »Aissi vauc lo vers definen« sind daher offenbar von einem Fortsetzer des Vers gesprochen. Dieser hatte ursprünglich genau denselben Umfang wie der Marcabrun's, an den er inhaltlich erinnert — 6 Coblen und die zwei letzten

---

*) s. Stimming, Bertr. de Born, Anm. zu 25, 12.
**) s. P. Meyer, Romania VI. p. 122, Note 4.

Zeilen von Cobl. 8 als Tornada, jedoch *leu* statt *Qu'ieu*. Der Vers des Peire d'Alv. gegen die Girbautz und die »molherat dompneadors« schloss also mit den Worten »leu non sui drutz ni drutz nom feinh, Ni nuills joys d'amor no m'esjau«. Gesungen wurde derselbe nach der gleichen Melodie wie die Canzone Cercalmon's*). Zunächst fügte dann ein Dichter die zwei Coblen »Sainta Maria« und »Aissi vauc« hinzu, indem er am Schluss der letzteren die Tornada des Peire d'Alv. reproducierte. Die 9. Cobla und Torn. bei Rayn. sind entweder als Varianten von Cobla 7 und der ursprünglichen Torn. anzusehen, oder man fügte sie später noch hinzu, um das Gedicht der Canzone Cercalmon's, nach deren Melodie es gesungen wurde, auch an Umfang gleich zu machen. Diese Resultate scheinen mir um so wichtiger, als sie uns zeigen, wie schon in ältester Zeit Nachahmungen vorgenommen, Melodien umgewandelt und Zusätze gemacht wurden.

Sehr interessant ist es Peire d'Alvernhe bei seinem Schaffen zu beobachten. Er wird durch den Vers Marcabrun's bewogen, auch einen Vers zu dichten, behandelt darin aber nicht allein den Gegenstand, den Marc. in seinem Gedichte tractiert, sondern wendet sich bald zu einem verwandten Thema, das ihm aus anderen Gedichten desselben wohl bekannt ist, zu den Girbautz. Er passt auch seinen Vers formell nicht der Melodie Marcabrun's, sondern der älteren Cerc.'s an, behält aber den Umfang bei, den das Gedicht des ersteren zeigt.

Der Fortsetzer dieses Vers von Peire d'Alv. war höchst wahrscheinlich ein Joglar, der unter dem Einfluss der Zeit stand. Man kann sich so recht denken, wie er das Gedicht zur Zeit des Kreuzzuges vortrug und wenig Zuhörer fand, da Alles an die Angehörigen dachte, die nach dem heiligen Lande gezogen waren. Er machte daher schleunigst einen zeitgemässen Zusatz; mit den Worten »Aissi vauc lo vers definen — So will ich denn den Vers beschliessen« entschuldigt er quasi, dass er, durch die Zeitlage veranlasst, so heterogene Gegenstände verbindet. Poetisch war er nicht gleich anderen Joglars beanlagt, sonst hätte er wohl einen Uebergang von dem Vers des Peire d'Alv. zu seinen Kreuzcoblen hergestellt, er hört auch bald auf in seiner Productivität, nicht aus dem Grunde, den er angibt, um die Tornada Peire's noch vortragen zu können, sondern weil er eben seine ganze poetische Kraft erschöpft hat. Der zweite Fortsetzer — wenn ein solcher überhaupt anzunehmen

---

*) Die Gedichte Marcabrun's und Peire Raimon's de Toloza hatten dagegen wohl eine etwas modificierte Melodie, die Marc. aus der seines Lehrers bildete.

ist, s. o. S. 57 — gab dem Gedichte gleichen Umfang mit der Canzone Cercalmon's. Er war vielleicht noch weniger poetisch begabt als der erste und sicher beschränkter, denn dieser war wenigstens ein Practicus, er setzte aber unbekümmert darum, dass sein Vorgänger zu Anfang der letzten (8.) Cobla angegeben hatte, »er beschliesse hiermit den Vers«, trotzdem das Gedicht weiter fort. Seine armseligen Verse stückelte er notdürftig zusammen und brachte am Schluss die Tornada Peire's wieder, die sein Vorgänger schon in die 8. Cobl. aufgenommen hatte.

Etwas anderes zeigen uns diese Fortsetzungen noch, — sie waren sicher für das gewöhnliche Volk bestimmt; für dieses waren demnach auch Gedichte von der Art der Vers Marcabrun's und Peire's d'Alvernhe berechnet. Wir konnten dies freilich von vornherein erwarten.

§. 81. Ich komme zur Besprechung der Gedichte Cercalmon's zurück und zunächst zu dem ersten, welches Bartsch in seinem Grdr. diesem Dichter zuschreibt. Es ist eine Tenzone zwischen »Maistre et Guilhalmi«, nur in R erhalten und dort »Cercamon« überschrieben. Der Autorschaft dieses Dichters stehen aber gewichtige Bedenken im Wege; weder Mahn (Jahrb. I. 90) noch Pio Rajna (Romania VI. 115) haben dieselben erwogen *). Nach meiner Ansicht muss man eher darauf bedacht sein, für die Tenzone einen anderen Dichter als Verfasser zu ermitteln, als zu versuchen, das Gedicht mit der Biographie Cerc.'s in Einklang zu bringen. Die Form des vorliegenden Gedichts ist: $a'b\ a'bb\ a'\ b a'\ b$ (7 S. Reime wechseln jede C., nur nicht C. 2. 3). Ich kann dieselbe nicht weiter belegen, ähnliche, wie: $ababba\ ba$ kommen allerdings öfter vor, s. Maus Anm. 2. Auch die einer Canzone des Mönchs von Mont. (ed. Philips. No. VI: Mos sens etc.) ähnelt — Form: $ababbccdd$ (7 S.).

§. 82. Bei dem zweiten Gedichte »Ges per lo freit temps nom irais« zeigen die Mss. sehr verschiedene Attributionen.

---

*) Prof. Stengel hat in seiner Vorlesung über prov. Literatur folgende Gründe gegen Cercalmon's Autorschaft angeführt: Der Verfall der Minne, welchen der Verfasser Eingangs beklagt, spricht eher für die spätere Zeit, d. h. für die langen Wirren, welche gerade nach Wilhelms X. Tod bis zur Ankunft von Richard Löwenherz 1169 in Südfrankreich ausbrachen. Auch der Reimwechsel, der Siebensilbner und die neunzeilige Cobla sprechen nicht für hohes Alter. Inhaltlich deutet die Tenzone darauf hin, dass der Maistre den früheren Schutz der Geistlichkeit verloren habe, wohl weil die Einkünfte derselben selbst geschmälert waren. In recht drastischer Weise schildert dieses eine andere Tenzone (M. G. 533), welche ein Guillalmet, der übrigens sehr an unsern Guillalmi erinnert, an einen Prior richtet. P. Rajna's ganze Argumentation geht von der Annahme der Autorschaft Cercalmon's aus.

Zur Zeit als die Liederhandschriften zusammengestellt wurden, wusste offenbar niemand mehr, wer eigentlich der Verfasser dieses Gedichtes sei. Der eine schrieb es diesem, der andere jenem zu. Es wird attribuiert in: $D^a I K$ — Cercalmon; in E — Peire d'Alvernhe; in L — Bern. de Ventadorn; in N — Gauc. Faidit; in S — Peire Vidal. Da $D^a I K$ eine sehr engverwandte Handschriftenfamilie bilden, besitzt ihre Attribution nicht mehr Glaubwürdigkeit als die irgend einer anderen Hs. Die Form dieses Gedichts ist: $a, b, b, c', a, c', d, e, f$, (4 Cobl. $a = ais$, $b = or$, $c = ida$, $d = oill$, $e = au$, $f = ansa$; durchgeh. Reime). Auch hierzu gibt es kein weiteres Beispiel in der provenzal. Lyrik. Dem Inhalte nach ist das Gedicht eine Canzone; sie enthält keine significanten Züge, doch sprechen die Verse: Cobl. II. 2 f. »Quan hom segle no vi meillor, Sitot s'en fan maint blasmador« mit ihrer optimistischen Lebensanschauung gegen Peire d'Alv, denn er war auch einer von den »blasmadors«. Ebensowenig ist aus formalen Gründen an Cerc., Bern. de Vent. und Peire Vidal zu denken. Zur Zeit des Ersteren mischte man schwerlich schon männl. 8 S. mit weibl. 7 S. (s. §. 83 f.) und bildete man sicherlich keine so unregelmässige, noch dazu sechsreimige Strophenform wie die vorliegende. Die Autorschaft des Peire Vidal hat Bartsch abgelehnt. Ich vermute, dass eine Verwechselung unseres Gedichtes, welches beginnt »Ges per lo temps freit nom irais« mit der Canzone »Ges per temps fer e brau« des Peire Vid. diese Attribution veranlasste. Bern. de Ventadorn hat keine ähnlichen Formen verwandt (s. die Zusammenstellung bei Maus, S. 3 f.), wohl aber Gaucelm Faidit, dem das Gedicht von N zugeschrieben wird. Auf ihn passt auch der zarte schwärmerische Charakter desselben sehr wohl; ich möchte ihn daher am ersten als Verfasser in Betracht ziehen.

§. 83. Ich komme zu dem letzten hier zu betrachtenden Gedichte »Per fin amor m'esjauzira«. Die Angabe (Bartsch's Grdr. 112, 3) Hs. f überliefere diese Canzone unter Cercalmon's Namen, ist nicht richtig; das Gedicht steht in f auf fol. 48 v°. anonym und folgt unmittelbar auf das bekannte Klagelied des Königs Richard Löwenherz im Kerker, wodurch Raynouard verleitet wurde in dem »Annuaire de la Soc. de l'Histoire de France 1837« zwei Strophen unseres Gedichtes als König Richard gehörig zu veröffentlichen (s. P. Meyer, Les dern. Troub. de la Prov. Bibl. de l'Ecole des Charles 6ème Sér. T. V. p. 681). Meyer fügt daselbst den Namen Cercalmont in Parenthese bei, weil das Gedicht in D^a, der einzigen Hs., die es ausser f noch enthält, diesem attribuiert wird. Veröffentlicht ist es nach D^a

von A. Mussafia, Del Codice Estense di rime provenzali — Sitzungsber. d. Wiener Akad. d. Wiss. Phil.-hist. Kl. LV. Bd. S. 445 (darnach von Bartsch Chr.³ 45) — nach beiden Hss. von P. Meyer, Recueil I. 70. Das Gedicht hat folgende Form: a', b, b, c', d, d, a', (7 Cobl. 2 dreizeil. Torn.: $dd a' dd u'$; $a = ira$, $b = is$, $c = era$, $d = er$; vgl. Daude de Pradas 5). Seinem Inhalte nach ist es eine Canzone, die durch die Einfachheit der Diction und Schönheit des Ausdrucks zu den Juwelen der provenzalischen Lyrik gehört. Von Cercalmon ist sie sicher nicht verfasst, eine so subtile Reimkünstelei, wie die vorliegende — $ira: is = era: er$ — macht dies sofort klar, auch spricht die Mischung männl. 8 S. mit weibl. 7 S. gegen einen Dichter der ältesten Zeit.

§. 84. Man beruft sich seither immer darauf, dies komme schon bei Guillem IX. vor und nennt dann die bekannte »Chansoneta«, die in der Form $a', a', a', b, a', b,$ abgefasst ist (B. Grdr. 183, 6). Dieses Gedicht mag dem Grafen von Poitou zugeschrieben worden sein, weil es eine Strophenform hat, der man häufig bei ihm begegnet. Es gehört aber sicherlich nicht dem »ältesten Trobador«, denn es hat nicht allein »schwere und weibliche Reime und ist kein Vers« *), wie Maus S. 2 hervorhebt, es hat sogar einen Refrainreim, was merkwürdigerweise Niemand von Allen, die diese Chansoneta seither besprochen haben, gemerkt hat. »Am« bildet das 4. Reimwort einer jeden Cobla, in der letzten findet sich sehr passend »amam«. Der Autor dieser Canzone war jedenfalls ein Meister ersten Ranges, er hat die immensen Schwierigkeiten spielend überwältigt. Seine Ausdrucksweise ist trotz der schweren, übrigens wohllautenden Reime, trotz der Einschränkung durch den Refrainreim eine klare und elegante. Ich habe manchmal an Guiraut de Borneill gedacht, er hätte ein solches Lied verfassen können. Die schweren Reime und der Refrainreim erinnern auch lebhaft an Raimbaut d'Aurenga, gegen ihn spricht aber die einfache Diction.

Einen Anhaltspunkt zur Ermittelung des Verfassers könnte, ausser den grossen formellen Eigentümlichkeiten, vor Allem der Name des Freundes »Daurostre« gewähren, derselbe ist mir jedoch bis jetzt nicht weiter begegnet. Der Inhalt ist weniger hervorragend als die Form. Ob die Geliebte wirklich die Absicht ausgesprochen hatte, Nonne zu werden (vgl. v. 15 »per que us voillaz metre monja?«) ist nicht zu entscheiden. Einige Anklänge an unser Gedicht finde ich bei Guillem Ademar 6,

---

*) Marcabrun 7 ist übrigens auch eine »chansoneta«.

dessen Strophenform: $aaaabab$ lebhaft an die unserer Chansonela erinnert. In dieser heisst es v. 23 f.: »Morrai pel cap Saint Gregori Si no m baiz' en cambra o sotz ram«. Guillem Ademar sagt v. 10 f.: »Don ieu morrai, si la dolor no m tolh Ab un dous bais dins cambra o sotz folh«. Der Redensart: »per aquesta fri e tremble« (v. 31) steht in einem anderen Gedichte des Guill. Ad. (1, 47 f.) ein ausgeführtes Bild zur Seite: »E di li qu'ieu non puesc guarir Sim fai tremolar e fremir«.

Ich schliesse hiermit die Untersuchung über die Gedichte Cercalmon's, die somit für die volkstümlichen Dichtungsarten fast keine Ausbeute gewähren; das wichtigste Resultat ist, das Verhältnis der Gedichte von der Form: $ababcd$ untereinander, sowie die Ueberzeugung, dass wir Cercalmon mit Sicherheit nur das Gedicht »Quan l'aura doussa s'amarzis« zuschreiben dürfen.

Anmerkungen.

1) §. 10. S. 6. Ueber den Turmwächter und seinen Morgenruf s. Alwin Schultz, Das höf. Leb. x. Z. d. M S. I. 41, 462 Anm. 2, 474, 517. — K. Weinhold, Die deut. Frauen in dem Mittelalter[2] I. 267 f. Vgl. auch Horn 741 und Mort Garin le Loh. S. 89.

2) §. 12. S. 7. Ganz in den Mund der Frau gelegt ist das schöne altfranzösische Tagelied »Cant voi l'aube dou jor venir« von Gaces Brules (Wackernagel, Afz. L. u. L. S. 9, 175, 177, 223; Bartsch, Chr.[2] 275). Der Dichter nennt sein Lied selbst »chanson« (5, 2); es ist durchaus volkstümlich gehalten und hat folgende Form: $aaab[bb$ (8 S.). Der Reim a wechselt jede Cobla, b geht durch (s. §. 23). Der Refrain lautet: »Or ne hais rien tant com le jour Amis qui me depart de vos«. Abweichenden Charakter zeigt die bekannte afz. Alba »Gaite de la tor« (Leroux de Lincy, Chants histor. franç. I. 135, 149—43; Bartsch Chr.[2] 239). Es ist ein Wächterlied von der Form: $a_1 a_2 b', a_1 a_2 b', [c, c_4 b', c, b',$ 8 Cobl. $a = or$, $b = oie$, $c = u$ (durchgeh. Reime). Der Refrain variiert.

In Aucassin und Nicolete (15) finden wir ein anderes Beispiel einer afz. »gaite«. Der wackere Wächter warnt hier das Mädchen durch ein Lied oder besser gesagt ein Recitativ vor den Nachstellungen der Häscher, sie vernimmt seinen Gesang und entkommt.

3) §. 13. S. 7. Die Reihenfolge der Coblen dieses Gedichts steht nicht fest.

4) §. 22. S. 12. Die dreizeilige einreimige Cobla entspricht einer sehr alten keltischen Strophenform, s. Thom. Stephens, Gesch. d. wälschen Literatur vom XII.—XIV. Jahrh. hgg. von San-Marte, Halle 1864. S. 419. No. 13 und Keller und von Seckendorf, Volkslieder aus der Bretagne, Tübingen 1841. Anm. zu No. II (vgl. auch No. III. IV. V). Bekanntlich zeigen auch drei Gedichte Guillem's IX. die Form: a a a.

Eine eingehende Vergleichung der provenzalischen und keltischen Lyrik ist dringend erforderlich. Es finden sich auffallende inhaltliche und metrische Uebereinstimmungen, die noch weit bestimmter, als die von Bartsch s. v. St. bemerkten, darauf hinzuweisen scheinen, dass die provenzalische Lyrik wesentlich aus altgallischer Lyrik entsprossen ist.

Durch eine Notiz in Scherr's Gesch. der Engl. Litt.⁸ S. 16. Anm. 7 wurde ich auf ein walisisches Tagelied des Barden Davydd ab Gwilym aufmerksam. Man findet einen Abdruck nebst deut. Uebertragung bei A. Elliesen, Versuch einer Polyglotte der europ. Poesie I. S. 52 Das Gedicht besteht aus 19 Reimpaaren von männl. 7 S., ist ohne Refrain und stimmt inhaltlich ganz zu den provenzal. Albas. Ich setze die deutsche Uebertr. hierher: »Taub dem Flehn der Liebe war Meine Holde sieben Jahr, Fruchtlos blieb der Worte Macht, Gram mein Lohn bis letzte Nacht. Da entschädigte mich reich Die an Sinn der Woge gleich. Treu bewährter Liebe mild Hat mein Sehnen sie gestillt. Süss vertraulich kosten wir, Seidne Brauen küsst ich ihr, Holde Last in meinem Arm, Weiss wie Schnee, doch sanft und warm. Bei dem Kleinod sonder Preis, Wonneschwelgend, liebeheiss, — Schrak ich auf: Der Tag bricht an, Bringt den eifersücht'gen Mann! Doch das schnee'ge Liebchen spricht: »Süsser goldner Freund noch nicht; Eh' der böse Morgen graut, Kräht der Hahn ja hell und laut«. — Doch wenn er voll Argwohn, nicht Wartet auf das Tageslicht? - »David, denk' an Lieb und Scherz, Trüb ist und verzagt dein Herz«. — Goldstrahl, du auf lichten Au'n, Sieh den Tag durch's Gitter schau'n. »'s ist des Monds, der Sterne Licht, Das am Pfeiler dort sich bricht«. — Liebchen, holde Sonne mein! 's ist bei Gott des Tages Schein. »Hast du wankelmüth'gen Sinn, Thu was dir genehm — Geh hin!« Aus dem Hause furchtsam rannt' Ich, die Kleider in der Hand, Floh durch Wald und Busch in's Thal, Zu entgehn des Tages Strahl; Schon ward mir zur Ewigkeit Seit der tollen Flucht die Zeit«. — Dieses Gedicht stammt allerdings erst aus dem 14. Jahrh., ist aber deshalb nicht weniger wichtig, denn der Verfasser lehnt sich an die walisische Volksdichtung an (Stephens S. 396 ff.) und provenzal. Einfluss ist nicht anzunehmen. Es bleibt demnach zu constatieren, ob dieses Tagelied vereinzelt in der walis. Lyrik dasteht — dann kann der Dichter selbständig darauf verfallen sein, diese Situation zu behandeln — oder ob sich das Tagelied als feststehende Dichtgattung in der keltischen Lyrik nachweisen lässt. Zur Erforschung dieser Frage fehlen mir gegenwärtig die Hilfsmittel und die Zeit, jedenfalls ist sie wichtig genug weiter verfolgt zu werden. Bemerken will ich noch, dass das vorliegende Gedicht so sehr an die berühmte Morgenscene in Shakespeare's Romeo und Julie erinnert, dass man unwillkürlich den Gedanken fasst, es möchte hier eine walisische Fälschung »nach berühmten Mustern« vorliegen. Diese Scene ist übrigens auch von G. A. Bürger in Lenardo und Blandine (Str. 47—52) nachgeahmt worden.

5) §. 26. S. 14. Diese Alba trägt in der Hs. C die Ueberschrift »alba ses titol«. Mahn übersetzt dies mit »aubade sans refrain« (M. G. 4); dass es so nicht heissen kann, mussten ihm schon die zwei Tagelieder 461, 113 und 208 zeigen, die ebenso überschrieben sind (M. G. 132, 89) und einen Refrain besitzen. Heyse übersetzt richtig »alba sine nomine auctoris«.

6) §. 31. S. 16. Siehe John Dunlop's Gesch. d. Prosadichtungen übertr. von Fel. Liebrecht, Berlin 1851. S. 220. Anm. 301 und Nachtrag S. 542. — Liebrecht, Zur Volkskunde. Heilbronn 1879. S. 141—153 (Der verstellte Narr). — M. Landau, Die Quellen des Dekameron. 2. Aufl. Stuttgart 1884. S. 172 f. 177.

7) §. 32. S. 17. Ueber die Lieblingsform Guillem's IX.: *a a b a b* s. F. Wolf, Ueb. d. Lais, Seq. u. Leiche. 1841. S. 230. Anm. 67. — Diez, Altroman. Sprachdenkmale 1846. S. 122. — Bartsch, Afz. R. u. Past. S. 376 u. Jahrb. XII. S. 3—6. — Maus, P. Card.'s Strophenbau in seinem Verh. zu den and. Trob., Anhang. Sie ist offenbar aus der Form *a a b a a b* hervorgegangen, indem die eine Verszeile auf *a* der zweiten Halbstrophe in die erste übertrat (s. Wolf a. a. O.). Dies und Bartsch haben die verwandten Formen ausführlich betrachtet. Maus (S. 3) zieht unrichtig auch die Form a', b', a', b', a', b', hierher und bemerkt nicht, dass $a_1, a_1, a_1, a_1, a_1, b_1, a_1, b_1$ (Guir. de Born. 69) und ähnliche Formen (Maus S. 21 und Anm. 7) auf die Grundform *a a b a b* zurückgehen. Bartsch hält diese Strophenform für keltisch und hat neuerdings auch für den 14 S. mit Caes. nach der 7ten Silbe, für den 11 S. mit Caes. nach der 7ten oder 8ten Silbe, für den 10 S. mit Caes. nach der 5ten und für den 9 S. (in französ. Refrains) keltischen Ursprung verfochten (Gröb. Zs. III. 359 ff.).

8) §. 33. S. 17. Die provenzalischen Kreuzlieder haben leider in dem weitschichtigen Werke »Kulturgesch. der Kreuzzüge v. Hans Prutz, Berlin 1883« nicht die Berücksichtigung gefunden, die sie verdienen. Man kann freilich einem Historiker nicht zumuten, dass er die provenzal. Texte im Original liest, wohl darf man aber erwarten, dass er sich einigermassen mit der einschlägigen Litteratur vertraut gemacht hat. Prutz verlässt sich jedoch ganz auf die Hist. littér. und Fauriel; die grundlegenden Forschungen von Diez werden nirgends erwähnt oder benutzt, scheinen ihm demnach ganz unbekannt zu sein. Die traurigen

Folgen zeigen sich überall. So finden wir S. 269 einen »Trouvère Ruimond Gancelin« — 270 einen »Trouvère Lanfranc Cigala« (Reg. a. v. Figala) — 439 »Gavandon« (so immer) — 439 »Geoffroy Rudel ... zog mit seinem Freunde Bertrand d'Allamanon nach dem Morgenlande« [s. L. u. W." 467. Anm. 1] — 506 »der Troubadour Godefroi Vinisaut« — 513 »Guillaume Figuières« — 551 »das Sirvente« — 564 »Streit der Damen und der Kirchengewölbe!« Sehr bezeichnend ist auch: Charles-Magne (so immer S. 564. 569) — Dinant (so immer statt Dinaux S. 568 f.) — Petragorica = Poitiers (S. 525) u. s. f. Eine weitere Kritik dieses Werkes ist hier nicht am Platze, vgl. Anm. 19.

9) §. 35. S. 19. Suchier bemerkt (Jahrb. XIV. S. 281), »Peters Verhältnis zu Marcabrun ist ein Rätsel, zu dessen Lösung ich nicht gelangt bin. Auch Peter hat didactische Gedichte verfasst, die auffallend an Marcabruns Art erinnern«. Ich glaube, dass weniger das Verhältnis des Peire d'Alvernhe zu Marcabrun ein Rätsel ist — er lehnt sich offenbar an ihn an, s. §. 35—37, §. 80 — als das Gedicht »Bel m'es quan la roza floris« des Peire d'Alv., in welchem M. erst der Sohn einer niedrigen Creatur genannt wird, der die Freuden der Welt störe, und dann gesagt wird: »M. hat mit grosser Vollendung in gleicher Weise gedichtet«. Ich weiss diesen Widerspruch ebensowenig aufzuklären als Suchier.

10) §. 36. S. 19. Diez bemerkt zu dem Gedicht des Peire d'Alv. (L. u. W. 72): »Vögel als Boten der Liebe anzuwenden, ist in der alten und mittleren Poesie nichts Unerhörtes; die Taube schien als Briefträgerin [s. Stimming, Bertr. de Born. S. 279. Anm. zu 29, 21 — Schultz, Das höf. Leben II. S. 382 — Prutz, Kulturgesch. d. Kreuzz. S. 565], der Papagei und der Staar, weil sie menschliche Töne hervorbringen, zu diesem Geschäfte geeignet«. Ich will noch hinzufügen, dass wir auch die »arondeta« als Botin finden (461, 28, s. Faur. II. 81 f.). Die Schnelligkeit ihres Fluges machte sie zu einer solchen sehr geeignet. Das »rossignolet« begegnet als Liebesbote in vielen provenzalischen und französischen Volksliedern (s. z. B. Arbaud, Chants popul. de la Provence, Aix 1862—4. II. p. 135 ss. »Lou Roussignoou Messagier« und Haupt, Französ. Volkslieder S. 8. 35. 74. 75). Vgl. Stephens (San-Marte) S. 396. 398. 400 und Keller und von Seckendorf a. a. O. S. 58.

Der Papagei spielt eine Hauptrolle in der bekannten Novelle, die eine Pariser Hs. dem Arnaut von Carcasses zuschreibt. Nach der Vers. derselben in der Hs. von Florenz tritt er nur als Liebesbote auf, die ausführlichere Version der Pariser Hs. lässt ihn sogar das Schloss mit griechischem Feuer in Brand stecken. Zu solchen Sagen von brandstiftenden Vögeln hat Fel. Liebrecht reiche Nachweise geliefert (Zur Volkskunde S. 109 ff. 263. 504). Ueber die verschiedenen Ansichten betreffs des Verhältnisses der beiden Versionen der Novelle s. Gröber's Zs. II. 498 ff.

11) §. 38. S. 20. Entgegen der Behauptung Lindner's (Jahrb. XIV, 312) steht es fest, dass auch die Romanen die Allitteration, allerdings in anderer Weise als die Germanen gebrauchten. Ich habe eine grosse Anzahl von Beispielen gesammelt, verweise aber für jetzt nur auf: Stimming, Jaufre Rudel S. 82 und Bertr. de Born. S. 236. Anm. zu 4, 12. — Bartsch, Peire Vidal S. LXXXV. — v. Napolski, Ponz de Capd. S. 42 f. — Appel, Peire Rogier S. 22 f. Die allitterierenden Verbindungen der lat. Sprache hat kürzlich (1881) E. Wölfflin trefflich bearbeitet (Sitzungsber. d. bayer. Akad. d. Wiss. philos.-philol. Kl. II. 1), vgl. Ludw. Buchhold, De Paromoeoseos (adlitterationis) apud veteres Romanorum poetas usu. Leipz. Inaug.-Dissert. 1883. — Gröber hat bei Besprechung der Wölfflinschen Abhandlung (Zs. VI. 467 ff.) eine Auswahl allitterierender Verbindungen aus der älteren französischen Litteratur zusammengestellt. Vgl. ferner die Miscelle P. Meyer's, Romania XI. 572 ff.: De l'allittération en Roman de France etc. Herr Prof. Stengel teilt mir gütigst mit, dass man in späterer Zeit in Frankreich sogar »Ballades tautogrammes« dichtete. Den Anfang einer solchen publicierte P. Meyer nach einer Glasgower Hs. (Doc. Mss. S. 119): »Pouvre Prouvence, pueplo peu plantureux | Par pestillence pugni presentement, | Persequté, perdu, plaintif, paoureux ...« Der Refrain lautet: »Paradis paint, peneux pelerinage«. In Guillaume Flamang's Vie et Passion de S. Didier p. p. Carnandet, Paris 1855, findet sich p. 34 folgende Strophe: »Lengres est lustre lumineux, | Louange, lyesse louable, | Lieu limitté, laborieux, | Longue latitude légale, | Roche resplandissant, réale, | Reigle, repoz, riche ressort, | Redondant richesse régale | Ray rendant rayant reconfort«. (vgl. Leys d'am. I. 248).

12) §. 47. S. 26. Sollte dieses Gedicht Aimeric de Peguilain gehören? Vgl. Cobla 2 v. 1 ff. »Arnaldon, per Na Johana Val (Hs. bal) mais Est e Trevisana ·E Lombardia e Toscana« und Aim. de Peg. 17 v. 44 ff. »Car val plus, e conois e sen Na Joana d'Est ...« Ueber Johanna von Este s. Diez, L. u. W. 33 (das besprochene Gedicht gehört nicht Bern. de Vent., sondern Peire Guillem de Luserna, Grdr. 344, 3), ferner Cavedoni, Ricorche storiche intorno ai Trovatori Provenzali accolti ed onorati nella Corte dei Marchesi d'Este nel sec. XIII, Modena 1844. p. 39 ff. und Maus S. 48. Ein Joglar Arnaldon begegnet uns bei Aimeric's Freund Guillem de Berguedan (s. Jahrb. VI. 257 f.).

13) §. 47. S. 27. Die Tensone und das Partimen (s. Leys d'am. I. 344 und Philippson S. 80. Anm. 11) sind höchst wahrscheinlich aus der Pastorella hervorgegangen. Die gewöhnliche Form der Past. ist die der Hin- und Widerrede; in der einen Cobla wendet sich der Dichter an die Hirtin, in der andern gibt sie ihm Antwort. Hiermit sind nahe verwandt die Tenzonen, welche Cobla um Cobla gewechselt werden, besonders die sogen. Sirventes-Tenzonen (s. E. Stengel in der Jenaer Litt.

Zeitg. 1876. No. 49) — in der ersten Strophe greift der eine Dichter an, in der zweiten antwortet der Angegriffene, sucht sich zu verteidigen oder vergilt Gleiches mit Gleichem; doch finden sich auch dergleichen alternative Tenzonen ohne diesen kriegerischen Charakter. Als eine spätere Form sind dann die Tenzonen anzusehen, die Gedicht um Gedicht gewechselt werden, und den höchsten Grad der Vollendung bezeichnen die Partimen oder Joc partit, in denen eine Frage vorgelegt und discutiert wird, oft mit Zuziehung eines Schiedsrichters; doch lassen sich diese Part. auch als eine eigene von den Tenzonen unabhängige Dichtungsart auffassen. Ihr hohes Alter wird durch eine Stelle bei Guillem IX. 2. v. 11 ff. bezeugt: »E sim partes un joc d'amor No son tan fats No sapcha triar lo meillor Entrels malvatz«. Ein Part. oder eine Tenzone dieses Dichters ist nicht erhalten; die ihm früher zugeschriebene Tenz. »N'Ebles pos endeptatz« gehört Gui d'Uisel und seinem Bruder Ebles (s. Suchier Jahrb. XIV. 120 f. und Denkm. 328 — ich komme auf die eigentümliche Form dieses Gedichts — 21zeil. 2reim. Cobl. — die noch mehrfach begegnet, in meiner Untersuchung über die 2reimigen Strophenformen zurück). Ueber eine Cercalmon zugeschriebene Tenz. s. §. 81.

Ich deute diese Fragen nur an und überlasse die Entscheidung einer Spezialuntersuchung über die Tenzone, die mein Freund L. Selbach demnächst veröffentlichen wird.

14) §. 48. S. 27. Cogossos — Hahnrei, s. E. Stengel, Die zwei ält. prov. Gramm. 58, 25: »cogotz i. cuius uxor eum adulterat« — vgl. F. Brinkmann, Metapherstudien (Herrig's Arch. 58, 200 ff.). Die Biogr. d. Guill. de Berguedan berichtet »per so que tuich los escogossat, o de las moillers, o de las filhas, o de las serors«. Diese Stelle gründet sich auf Cobla 4, 2 seines Gedichts »Amics Marques enquera non a gaire«.

15) §. 51. S. 29. Dieses Gedicht ist nur in der Handschrift E erhalten und dort anonym unter Gedichten überliefert, die gröestenteils Guir. d'Esp. angehören; da es auch durch seine charakteristische Form an diesen Dichter erinnert, so hat ihm Bartsch im Grdr. dasselbe zugeschrieben. Suchier (Jahrb. XIV. 302) ist anderer Meinung, er sagt: »Das Gedicht erweist sich dadurch, dass die erste und dritte Zeile der Strophe reimlos ist, als volksmässig, die Assonanz bestätigt dies (crida — artigua, ela — erbeta). Diez hat in den Altroman. Sprachdenkm. S. 119 dieses Kleinod mitgeteilt, das nahezu die einzige volkstümliche Pastorele ist, die wir besitzen. Von Guiraut ist es sicher nicht, ob wir aber ein echtes Volkslied in ihm erkennen dürfen, wage ich nicht zu entscheiden«. [Ich habe den Wortlaut etwas umgestaltet, S. fasst 3 Gedichte zusammen, von denen uns aber vorläufig nur das eine interessiert, s. §. 59]. Die Assonanzen und reimlosen Verse sind sicherlich auf grosse Textverderbnis zurückzuführen, s. §. 32 und 59. Ich gedenke demnächst ausführlich auf dieses Gedicht und auf Guir. d'Esp. zurückzukommen.

16) §. 60. S. 38. Einige Stellen lassen erkennen, dass das Wiedererwachen der Natur, der Sieg des Sommers über den Winter, wie bei den Germanen, so auch bei den Provenzalen und anderen romanischen Völkern durch specielle Gebräuche, Feste und Tänze gefeiert wurde, s. P. Meyer, Le Roman de Flamenca. Paris 1865 V. 3239 ff. und p. 384 (vgl. Hermanni, Die culturhistor. Momente im prov. Rom. Flam. S. 44 f. — Ausg. u. Abh. IV). — Arbaud, Chants popul. de la Prov. II. 139 »Lou premier jour de Mai«. — W. Scheffler, Die franz. Volksdichtg. u. Sage. Leipz. 1883. S. 290 ff. — W. Mannhardt, Wald- und Feldkulte I. 347 ff. — F. Liebrecht, Die Otia imperialia des Gervasius von Tilbury. Hann. 1856. S. 178 f. 182 f. und Zur Volkskunde 377 f. — G. B. Casti, Novelle galanti (Il Maggio, Stanza XV. s.) — Weinhold, Die deut. Frauen im M.A.² I. 285 ff.

17) §. 60. S. 39. Dieses Gedicht ist wichtig für die Erklärung der Worte »ballar« und »dansar«. Im Donat wird der Unterschied dieser zwei synonymen Begriffe nicht hervorgehoben (s. E. Stengel, Die zwei ält. prov. Gramm. S. 28, 19. 41, 40. 41, 42. 29, 26. 13, 21). Bartsch (Grdr. S. 85) bemerkt treffend — »ballar« und »dansar« sind verschiedene Arten des Tanzens, die sich verhalten, wie im deutschen Mittelalter »reien« und »tanzen« — (vgl. v. Liliencron in Haupt's Zeitschr. f. deut. A. VI. 79 ff. — Schultz, Das höf. Leb. z. Z. d. M.S. I. 424 ff. — Lexer, Mhd. Handwrtb. etc.). Dieser begriffliche Unterschied ist in unserem Liedchen schön wahrzunehmen. Von dem Mädchen, welches die Königin darstellt, wird gesagt: »Qui donc la vezes dansar E son gent cors deportar Ben pogra dir de vertat Qu'el mont non aja sa par«, während der ganze Chorus der übrigen Teilnehmer nach jeder Strophe einfällt »laissaz nos, laissaz nos ballar entre nos, entre nos!« Man darf nicht dagegen halten, in Cobla 2 stände »que tuit non venguan dansar en la dansa jojosa«. Die ganze Darstellung ist die einer Dansa, deshalb kann die Beteiligung daran »dansar« genannt werden, des Chorus eigentliche Thätigkeit ist mit »ballar« zu bezeichnen. Ueber die Etymologie von »ballar« s. Etym. Wtb.⁴ S. 39. 708. — Schuchardt, Romania IV. 253 s. — Rönsch, Jahrb. XIV. 184 (er verweist auf einen neuen Ableitungsversuch in seinem »Buch der Jubiläen oder die kleine Genesis«. Leipz. 1874. S. 488). Ueber »dansar« s. Etym. Wtb.⁴ 117.

18) §. 66. S. 43. Bemerkenswert ist in dieser Canzone die Interjection »Aei«. Wie aus einzelnen Coblen hervorgeht, ist sie eigentlich ein Ausdruck der Klage. Sollte das berühmte »Aoi« der Chanson de Roland nicht auch ein ganz natürlicher, immer wiederkehrender Klageseufzer sein, den der vortragende Jongleur über den schmählichen Betrug der Heiden und den Untergang der christlichen Helden ausstösst?! Diese Deutung ist sicher nicht unwahrscheinlicher als andere vorgebrachte Erklärungsversuche; s. Wolf, Ueb. die Lais, Seq. u. Leiche, Anm. 22 und Léon Gautier, La Chans. de Rol. 11ième éd. p. 4. Note 9.

19) §. 68. S. 45. Leider findet man noch immer in weitverbreiteten Büchern die längst widerlegte Behauptung, die provenzalische Poesie sei aus den Liedern der Mauren hervorgegangen. So in: J. Scherr, Allgem. Gesch. der Litt. 6. Aufl. Stuttg. 1880. I. 194 f. — Dess. Deut. Kult. u. Sittengesch. 8. Aufl. Leipz. 1882. 8. 130 f. — G. Diercks, Die Araber im Mittelalter und ihr Einfl. auf die Cult. Europa's. 2. Aufl. Leipzig 1882. S. 50. 204 ff. — Ich war erstaunt in der »Kulturgesch. d. Kreuzzüge v. Hans Prutz« dieselbe Ansicht vertreten zu finden. Prutz geht sogar noch weiter und sagt S. 53: »vielleicht haben doch diejenigen nicht so ganz Unrecht, welche den Reim aus der arabischen Dichtung in die der südeuropäischen Völker gekommen sein lassen«. Er verweist dafür nur auf Muratori's Abhandlung »De origine italicae poeseos« in seinen Antiquitates Italicae III. 705, s. Prutz S. 507. Anm. zu S. 53 (vgl. oben Anm. 8). — Diez warnte bereits 1819 in einer Anzeige von Depping's Sammlung span. Romanzen vor der Annahme eines allzugrossen Einflusses der Araber auf die abendländische Dichtkunst (s. Fr. Diez' Kl. Arb. & Recens. hgg. v. H. Breymann. München 1883 und F. Wolf, Ueb. d. Lais. Anm. 9 u. 99).

20) §. 72. S. 48. Auf das provenzalische »retroensa« gehen die altfranzösischen Formen »retrowange, rotruenge, rotuenge, rotwange« zurück. Man vergl. die Stelle von Raimon Vidal's Rasos §. 43. S. 23 unten. Wolf hält zwar »rotuenge« für die ursprüngliche Form und leitet sie von dem Wort »rote« ab, welches ein keltisches Saiteninstrument bezeichnet (s. Wolf S. 248 und Diez, Etym. Wtb.⁴ 672); Wackernagel macht aber mit Recht darauf aufmerksam, dass sich das o leicht als Verdumpfung des unbetonten e erklärt (s. a. O. S. 183). Spätere Anlehnung an »rote« ist natürlich nicht ausgeschlossen.

Eine afz. retrowange des Jacques de Cambrai hat Wackernagel S. 66 publiciert (s. auch Bartsch's Chr. de l'anc. franç.³ 335). Sie hat folgende Form: $a', a', a', a', a', b, a', b_1$ (3 Cobl. $a^1 =$ elle, $a^2 a^3 =$ ie; $b^1 b^2 =$ eit, $b^3 =$ i); die charakteristischen Refrainzeilen fehlen hier. Inhaltlich ist das Gedicht ein Marienlied. Die retrowange wurde demnach gerade wie die alba geistlich gewendet (s. §. 18).

Das afz. »rotruwange, rotewange« begegnet öfter als Lehnwort in mhd. Dichtungen; ob man auch mhd. »ridewanz«, welches einen Bauerntanz bezeichnet, davon ableiten darf, ist sehr zweifelhaft. K. Weinhold und Mor. Haupt vermuten slav. Ursprung dieses Wortes (s. Wackernagel 183, 195, 204, 234. — Weinhold, Die deut. Frauen in d. M. A. Wien 1851. S. 371, 2. Aufl. II. 161. — Haupt, Neidhart von Reuenthal. Leipz. 1858. S. 145. — Lexer, Mhd. Handwörterb.).

Verzeichnis der besprochenen Gedichte.

Die eingeklammerten Zahlen verweisen auf die Nummer des betr. Gedichts in Bartsch's Grdr.

Aim. de Peg. Anm. 12 — (45) 50.
Bern. de Vens. (2) 4. 8. 12. 13.
Bert. Zorzi (7) 25. 31. 32.
Bertr. d'Alam. (23) 4. 7. 10.
Cadenet (14) 4. 7. 11. — (15) 25. 32.
Cercalmon 24. 25. 54-61 — (1) 58 — (2) 58 f. — (3) 59 — (4) 54 ff.
Ferrari da Ferr. (1) 50.
Folq. de Mars. (26) 4. 9. 10.
Gar. d'Apch. (3) 25. 32.
Gavaudan (4) 25. 28. 32 — (6) 25. 28. 32.
Graf v. Poitou (6) 60 f. — (12) 16.
Gui d'Uis. (13) 25. 28 f. 31 — (14) 25. 29. 32.
Guill. Adem. (1) 61 — (6) 60 f.
Guill. d'Autp. (1) 4. 9. 12 — (1a) 25. 31.
Guir. de Born. (44) 25. 33 — (46) 25. 30. 33 — (64) 4. 7 f. 11.
Guir. d'Esp. 36 f. — (4) 36 f. — (8) 25. 29. 33. 36. Anm. 15 — (16) 36 f.
Guir. Riq. (8) 4. 8. 11 — (4) 14 — (15) 26. 33 — (22) 25. 33 — (32) 25. 33 — (49) 25. 33 — (50) 25. 33 — (51) 25. 32 — (57) 45 f. — (65) 45 f. — (70) 4. 9. 11 — (78) 46 f.
Joan Est. (5) 26. 30. 31 — (7) 26. 30. 32 — (8) 10 — (9) 26. 30. 32 — (11) 46 f.

Jojos de Tol. (1) 26. 31.
Marcabr. Anm. 9 — (1) 17 f. — (25, 26) 18 — (29, 30) 26. 27. 31 — (36) 55 f.
Paul. de Mars. (4) 37 — (6) 26. 30. 32.
Peire d'Alv. Anm. 9 — (23) 18 ff. — (5) 55 ff.
P. de la Car. (1) 52.
P. Esp. (1) 4. 8. 11.
P. Raim. de Tol. (12) 55 f.
Raimb. de Vaq. (7) 27 — (9) 49 f.
Raim. Escrivan (1) 20.
Raim. Guill. (1) 50.
Raim. de las Sal. (2) 4. 7. 11.
Rostanh Bereng. (3) 50.
Serv. de Gir. (alba) 4. 8.
Tomier (1) 51 f.
Uc de la Bac. (3) 5. 8. 11. 13.
Uc de S. Circ (41) 37 f.
461 (3) 5. 6. 10 — (12) 36. 38 f. 44 — (69) 36. 39 f. 43 — (73) 36. 40. 44 — (99a) 5. 7. 11 — (113) 5. 6. 10. 12 — (145) 26. 32 — (146) 26 — (147) 26. Anm. 12 — (148) 26. 29. 31 — (166) 36. 40 f. 43 — (195) 36 — (198) 36. 41. 44 f. — (200) 26. 31 — (201) 36. 41 f. 44 — (203) 5. 6. 10. 11 — (206) 42 — (224) 36.

Sachregister.

Alba 3—15; (afz.) Anm. 2; (lat. prov.) 3. 5 f. 10. 12; (relig.) 8 f.; (wal.) Anm. 4.
Alliteration 20. Anm. 11.
Aoi Anm. 18.
Arab. Einfl. abgelehnt 45. Anm. 19.
Assonanz 16 f. 44. 52 f. Anm. 15.
Balada 35—45.
balar Anm. 17.
Binnenreim 11. 17. 44. 50.
cogossos 27. Anm. 14.
Dansa 35-45.
dansar Anm. 17.
Esdemessa 51 f.
Estampida 48-51.
Frauenlieder 42.
Gaita 4. 6. 8 f. Anm. 1.
Johanna von Este Anm. 12.
Kelt. Lyrik Anm. 4. 7.
Kreuzlieder Anm. 8.
Maifest Anm. 16.
Mandela 52 f.

Nachahmungen 18. 20 f. 55 ff.
Namensangabe v. Seiten d. Dichters 54.
Partimen Anm. 13.
Pastorella 22-34.
Prutz, K. d. K. Anm. 6. 19.
Redondel 53.
Refrainreim 14. 31. 60.
Refrainzeilen 3. 5. 10. 13 f. 36. 43 ff. 46 ff. 51 f.
Reimlose Verse 16 f. Anm. 15.
Respos 33. 45.
Retroenza 45-48.
Retrowange als Anm. 20.
Romanze 15-21.
Serena 14 f.
Subjectivierung 10.
Tanzlieder höf. Trob. 40.
Tenzone & Past. 26 f. Anm. 13.
titol Anm. 5.
Tornada b. Tanzl. 41.
Vögel als Liebesboten Anm. 10.
Zehnsilb. (5+5) 43; (2. S. hochbet.) 43.

Verbesserungen: S. 1. §. 1. Z. 9 l. »Schaden°«. — S. 11. Z. 1 l. »d_1« st. »d_2«. — S. 13. Z. 4. l. »a_1, a_1, a_1, b_1 s. §. 39«. — S. 31. Z. 1 v. u. l. »derivativen«.